2006 上海民营经济暨中小企业发展报告

Shanghai Private and Small Enterprise Development Report

上海市经济委员会
SHANGHAI ECONOMIC COMMISSION

上海科学技术文献出版社
SHANGHAI SCIENTIFIC AND TECHNOLOGICAL LITERATURE PUBLISHING HOUSE

图书在版编目（CIP）数据

2006上海民营经济暨中小企业发展报告/上海市经济委员会.

上海：上海科学技术文献出版社，2006.6

ISBN 7-5439-2631-8

Ⅰ.2...　　Ⅱ.上...　　Ⅲ.民营经济 – 中小企业 – 经济发展 – 研究

报告 – 上海市–2006　　Ⅳ.F279.275.1

中国版本图书馆CIP数据核字（2005）第061682号

责任编辑：忻静芬

2006上海民营经济暨中小企业发展报告

上海市经济委员会

＊

上海科学技术文献出版社出版发行

（上海市武康路2号　邮政编码200031）

全 国 新 华 书 店 经 销

上海市北书刊印刷有限公司印刷

＊

开本889×1194　1/16　印张6.5　字数178 100

2006年6月第1版　　　2006年6月第1次印刷

印数：1–2100

ISBN 7-5439-2631-8/Z·1067

定价：30.00元

http://www.sstlp.com

编委会成员

前 言

2005年是上海市民营经济和中小企业发展不同寻常的一年。一方面，上海市全面贯彻落实《中小企业促进法》和《国务院关于鼓励支持和引导个体私营等非公有制经济发展的若干意见》，加大了对民营经济和中小企业的扶持力度，民营经济和中小企业发展环境进一步优化。另一方面，上海市民营经济和中小企业继续保持良好的发展势头，经济总量、企业规模和质量以及对国民经济的贡献度进一步提高。同时，上海市中小企业网、上海市研发公共服务平台、上海民营经济促进中心等服务平台的建设与完善，进一步优化了全社会服务资源。

发展民营经济和中小企业是一项战略性的工作。要正确认识民营经济和中小企业在国民经济发展中的重要作用，尤其是在推动经济增长、自主创新、吸纳就业等方面。民营经济和中小企业两者之间既有联系，又有区别，民营经济从所有制角度看，它既有大企业、也有中小企业；中小企业从企业规模角度看，它既有国有、民营、集体，也有外资和其他混合所有制企业。两者之间既有交叉，有共性，也有不同特点。但从企业发展的角度看，民营经济和中小企业都有许多共性的问题值得关注。因此，民营经济和中小企业发展工作既各有侧重，同时也是互相联动，互为促进的。

《2006上海民营经济暨中小企业发展报告》是一份集中反映上海市民营经济和中小企业发展的报告集。它力求按照真实、客观、公开的原则，通过对上海市2005年度民营经济和中小企业发展的回顾，2006年发展环境的分析预测，为进一步推进上海市民营经济和中小企业持续、快速、健康发展，为社会各方面重视、关心和支持民营经济、中小企业发展的人士提供一些参考和借鉴。由于经验和能力所限，报告中还有许多不足之处，希望得到专家学者、企业及社会各界的批评和指正。我们将吸纳各方面的真知灼见，把报告的编制工作做得更好。同时，在此也对所有支持帮助报告编制工作的单位和个人一并表示衷心感谢。

编 者

2006年5月

目 录

目 录

第一部分

综合篇

第一章 民营经济发展概述

2005年初,国务院出台了《关于鼓励支持和引导个体私营等非公有制经济发展的若干意见》(以下简称《若干意见》),为促进民营经济进一步发展提供了政策保障。随后,《银行开展小企业贷款业务指导意见》、《关于非公有资本进入文化产业的若干决定》、《国内投资民用航空业规定(试行)》、《关于发挥工商行政管理职能作用促进个体私营等非公有制经济发展的通知》、《国务院减轻企业负担部际联席会议关于治理向个体私营等非公有制企业乱收费、乱罚款和各种摊派等问题的通知》等相关配套政策的陆续出台,则进一步优化了民营经济的发展环境。同年10月,中共中央发表了《关于制定国民经济和社会发展第十一个五年规划的建议》,提出在"十一五"期间,要坚持公有制为主体、多种所有制经济共同发展;要大力发展个体、私营等非公有制经济,为广大民营企业发展提供了更为广阔的空间。

2005年5月31日,上海市政府正式对外发布了《上海市人民政府关于贯彻〈国务院关于鼓励支持和引导个体私营等非公有制经济发展的若干意见〉实施意见》(以下简称《实施意见》),并责成31个职能部门负责政策分解落实。7月11日,韩正市长亲赴民营企业实地调研,听取部分民营企业家对贯彻《若干意见》和《实施意见》的意见和建议,并再次明确了服务全市民营经济的职能部门。另外,市政府还把推进民营经济列入当年的重点工作。由此,形成了领导高度重视,部门、区县密切协同以及社会合力推进的民营经济发展的良好局面;上海民营经济也进入了持续、快速、健康发展的轨道,为"十一五"上海民营经济发展开好局奠定了良好的基础。

一、2005 年上海民营经济发展概况

2005年,在各级政府和社会各界关心、支持下,上海民营经济发展环境进一步优化,全市民营经济的增加值、税收、就业、固定投资等多项指标保持了良好的增长势头。

(一)各级政府加大对民营经济发展力度

在市级层面,相关政府部门积极贯彻《若干意见》和《实施意见》等政策,出台了系列配套文件和具体措施。

一是颁布实施一系列新的配套政策。根据市政府《实施意见》要求,相继出台了《关于推进本市国有中小企业改制重组的指导意见》、《关于上海市转制科研机构深化产权制度改革的若干意见》、《关于推进本市农业旅游发展的若干意见》,以及市政公用行业特许经营、发展民办医疗机构等方面的配套政策措施。

二是进一步放宽了市场准入。对工商登记中有关市场准入方面的政策进行了全面梳理;取

消外贸经营资格的审批，实行核准、登记制度，在全国率先实行民营企业申请设立进出口公司的做法；加大公用事业、市政基础设施开放力度，实行了专业市场准入平等和实行公开公正的招投标。

三是加大了对民营企业创业、创新扶持力度。设立了"上海民营科教兴市产业升级导向资金"，以贴息支持民营企业重点科技项目建设，提升产业能级。出台了《上海市大学生科技创业基金管理办法》，以无偿资助或投资资助方式支持应届毕业生、在读硕士生、博士生在沪创办科技企业。

四是改善了民营企业融资环境。先后制订了《推动本市银行业金融机构改进小企业融资服务的工作方案》、《关于加强金融服务、支持中小企业发展建议的函》、《对〈关于改善本市中小企业融资业务外部环境若干建议的报告〉的有关意见》；部分商业银行率先建立服务中小企业的专门部门。

五是加强了民营企业的舆论宣传。创办了"民营经济"专版（《文汇报》）；定期编印"民营经济动态"简报，及时反映本市民营经济的发展情况；积极为优秀民营企业家提供平台，支持民营企业家担任工业、商业领域行业协会会长等。

在区县层面，各区县充分发挥"两级政府，两级管理"的优势，结合自身特点，加大了对区域内民营经济的支持力度。如，浦东新区出台了《浦东新区进一步支持和引导个体私营等非公有制经济发展的意见》；杨浦区制定了《杨浦区中小企业利用社会担保融资的财政扶持办法》和《商业银行为区科技、现代服务业融资贴息财政扶持办法》；闸北区出台了《闸北区人民政府关于鼓励支持和引导个体私营等非公有制经济发展的实施意见》，并出资1000万元，设立"民营企业贷款信用投融资担保专户"，缓解民营企业融资困难；闵行区制定了《闵行区推进民营经济发展优惠政策》、《闵行区人民政府关于促进民营(内资)企业发展的若干意见》和《关于构筑民营（内资）企业发展平台的若干意见》；宝山区发布了《扶持民营经济发展专项资金管理办法》；奉贤区出台了《关于鼓励支持和引导非公有制经济发展的实施意见》（共26条）；嘉定区制定了《关于加强嘉定区非公经济组织人才人事服务工作的实施意见》和《加强为非公经济组织人才人事服务工作方案》；松江区举办民营经济技术交易、科技人才交流洽谈会，帮助民营企业解决在产品升级换代、二次创业中遇到的技术、项目、资金、人才难题。

（二）民营经济加速发展壮大

随着发展环境的逐步改善和对民营经济发展支持力度的加强，2005年，上海民营经济进一步发展壮大。

民营经济总量保持快速增长，对国民经济的贡献率进一步提高。全年民营经济增加值1501亿元，占全市比重16.4%，同比增长16.7%。

在税收方面，2005年民营企业纳税户数61.5万户，其中私营企业纳税户数47.4万户，个体工商户纳税户数14.1万户，比上年增加17.4%和3.7%。私营企业上交税收达到503.06亿元，同比增长35.8%，占全市同期税收18.9%；个体工商户纳税约26.06亿元，同比增长109.2%，占全市税收比重1%。

在吸收就业方面，2005年全市民营企业共吸纳就业人数500.1万人，其中企业吸纳就业人数465.8万人。2005年城镇私营企业从业人员、个体劳动者及非正规就业人员共计266.61万人，占全市城镇就业人员总数的44.6%（见图1）。

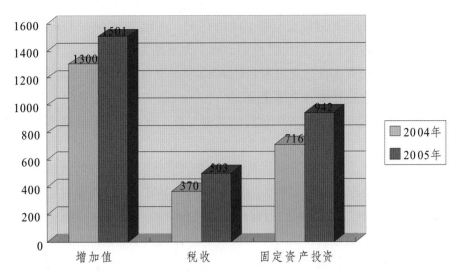

图 1　上海民营经济主要产出指标情况

民营企业数量和效益增长迅速。截至 2005 年底，本市民营企业为 47.4 万户，总注册资本为 7209.3 亿元（见图 2）。其中 2005 年度新成立企业约 13 万家，新增注册资本 1527.8 亿元，增长幅度分别为 23.1% 和 26.9%。

民营企业全年实现总产值 1804 亿元，同比增长 124.6%；实现销售总额或营业收入 7381.5 亿元，增长 51.9%。个体工商户全年实现总产值 38.2 亿元，增长 34.8%；实现销售总额或营业收入 333.9 亿元，增长 58.6%。

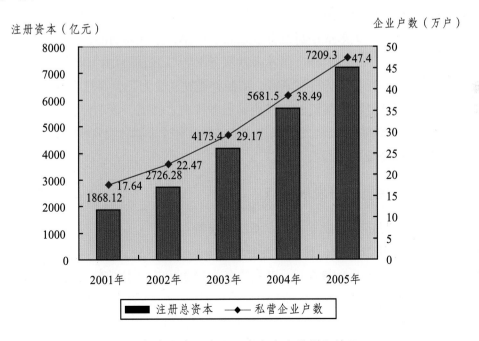

图 2　上海民营经济注册资本和户数增长情况

民间投资进一步增长。2005 年全市民间投资额 942.15 亿元，同比增长 31.5%，占全社会固定投资总额的26.6%。同时，民间资本积极参与国有企业改革和产权市场交易。据上海联合产权交易所统计，2005年上海民间资本产权成交金额104.10亿元，占比重12.6%。民间资本作为产权交易的出让方，涉及交易宗数达585宗，同比增长43.03%；交易额为93.08亿元，同比增长27.26%。以产权交易的受让方计，民间资本设计交易宗数达1714宗，交易额为250.93亿元。

（三）全社会为民营企业开展各类服务活动

2005年，上海民营企业不仅得到各级政府的大力支持，还得到了社会各界的关怀。

一方面，社会各界开展了许多针对民营企业的服务活动。如：市经委、市发改委和市工商联共同举办了"民营企业家·上海产业发展咨询会"。邀请了全国23位知名企业家为上海"两个优先"献计献策，并由市政府产业部门向参会的民营大企业介绍了上海产业发展相关政策；上海联交所与上海民营经济促进中心联合举办"国有产权与民营资本对接项目信息发布会"，利用上海联交所产权信息和交易平台，发布项目58个，参会民营企业超过100家；上海民营经济促进中心举办"民营企业家·上海'十一五'发展专项规划思路系列讲座"，帮助企业家了解本市产业发展方向，已有近百家民营企业参加此活动；香港贸易发展局与市经委组织"上海市民营企业家赴香港考察培训班"，帮助民营企业"走出去"，共有16家企业的董事长、总经理参加；香港生产力促进局与上海联交所等举办"沪港投融资论坛"，帮助民营企业拓展融资渠道，近200家企业参加；临港新城管委会组织召开"上海装备产业基地建设与民营企业合作推进会"，引导重装备制造和现代服务产业领域的民营企业向临港集聚；解放日报与市工商联举办以"科教兴市—民营企业的使命和发展机遇"为主题的科教兴市论坛专题研讨会；市工商联主办了"相约海滨·民营企业家看金山"和"聚焦南汇—长三角知名民营企业家临港新城行"活动等等。

另一方面，形成了一批服务民营企业的公共服务平台。一是全市民营中小企业信息服务平台。通过完善"上海中小企业网"（www.1128.org）建设，整合政府部门、市区县服务机构和中介机构等各方面信息资源，在平台上形成信息交互、发布、存储、分析的功能，为全市民营中小企业提供信息和相关综合服务。二是"上海市研发公共服务平台"。该平台由10个子系统支撑。向社会各界开放，同时积极吸纳社会优势科技资源，不断补充完善，为民营科技企业发展提供了有力的技术研发支撑。三是非公经济与国资的产权交易服务平台。目前，该平台已成为民资、国资联动发展的重要纽带。四是上海民营经济发展促进中心。中心通过协调社会资源为民营经济发展服务，已成为各方面服务民营企业的综合性平台。

二、2005 年上海民营经济发展特点

2005年，上海民营经济呈现以下六个方面的发展特点：

1. 民营大企业规模不断扩大，竞争力不断增强

至2005年底，本市注册资本1000万元以上的企业12.2万户，同比增长26.3%；注册资本在1亿元以上的企业566户，同比增长25.2%。

民营企业集团已达251户，比2004年新增65家，同比增长47.7%。同时，民营企业集团的总体实力显著增强。在全国民营500强排名中，上海复星高科技（集团）有限公司（第二名）和上海华冶钢铁集团有限公司（第七名）进入前十名，前十强中上海占20%。同时，百强民营企业中上海企业已达7家，进入500强企业的数量达31家，排名全国第四位。

2. 民营科技企业发展迅猛，自主创新能力显著增强

2005年，上海科技型企业达4.5万户，年内新增9400多户，增幅26.3%。其中经认定的民营高新技术企业1538家，占全市比重66.8%。

全市经认定的高新技术成果转化项目中，民营企业有2492项，占总数的70.1%；其中2005年新增458项，占全市新增总数的76.1%。在2005年全市1701项科技成果中，民营经济有54项，占总量比重3.1%。其中，属于国际领先的有4项，达到国际领先水平的21项。截至2005年底，本市民营企业技术中心数量已达38个。另外，本市第一批29个科教兴市重大项目中，民营企业承担的项目达到10个。

民营企业全年受理专利申请量22918件，占本市全年受理专利申请量的70%；民营企业注册商标39200件，占总量40%。2005年上海著名商标新申请155件，其中民营企业占60.1%。至2005年底，上海市名牌产品已有422项，其中民营企业88项，占20.9%。

3. 民营外贸企业发展迅速，贸易规模持续增长

随着对外贸经营资格准入制度改革的深化，本市取消了外贸经营资格的审批，实行核准、登记制度，并且规定不论何种所有制的企业一视同仁，在全国率先实行民营企业申请设立进出口公司，进一步促进本市民营外贸企业迅速增长。截至2005年底，本市民营外贸企业累计达到1.35万户，占全市总户数的76.35%，其中2005年新增民营外贸企业3450家（含个体工商户），民营外贸企业占新增各类外贸企业总数的72.66%。

2005年，本市民营企业（私营外贸企业）实现进出口总额129.49亿美元，同比增长56.17%，占全市外贸进出口总额的7.04%，占全市内资外贸企业进出口总额21.59%；全市民间投资完成942.15亿元，同比增长31.5%，占固定资产投资总额26.6%。其中，进口总额为57.3亿美元，同比增长41.73%，占全市外贸进口总额6.01%，占全市内资外贸企业进口总额18.4%；出口总额72.18亿美元，同比增长69.9%，占全市外贸出口总额8.01%，占全市内资外贸企业出口总额25.04%。

4. 民营企业在服务行业发挥着越来越重要的作用

2005年，本市民营企业在服务行业中的作用越来越突出。一方面，民营企业在餐饮业、批零贸易等围绕居民衣食住行需求的行业领域以及信息服务、中介咨询、科技服务等专业领域的优势进一步扩大；另一方面，民营企业在一些新兴服务领域取得了新突破。如，在网络旅游服务领域，携程网成为行业领军企业；在连锁经济型酒店领域，莫泰168已成为行业最知名的品牌；在民用航空领域，春秋航空成为国内第一家低成本航空公司；在数字娱乐领域，盛大网络公司成为全国的行业龙头；在钢铁物流领域，华冶钢铁集团开辟了国内钢铁物流新模式；在新媒体领域，分众传媒凭借在上海的楼宇广告经营成功在纳斯达克上市；在物流行业，有佳吉快运、远成等全国知名物流企业；在投资行业，有福禧集团等。另外，民营企业也正在尝试进入金融、公共服务等领域。

5. 民营企业对国有企业改革的参与度进一步提高

在上海新一轮国有企业改革中，民营企业发挥着越来越重要的作用。2005年，本市民营企业受让国有产权、集体产权宗数连续两年超过整个市场交易宗数的50%，交易总额连续两年超过250亿元。

6. 民营企业"走出去"和服务全国意识进一步增强

本市民营企业 2005 年加快了"走出去"步伐，一年新批民营对外投资企业就有 32 家，占全年新批对外投资企业总数的 55.2%，首次突破半数，对外投资总额达 3900 万美元。民营企业投资涉及 40 多个国家和地区，涉及行业有资源性项目、科研开发、带料加工项目以及进出口贸易和服务项目。如，上海海欣集团出资 2500 万美元，收购了世界最大纺织面料生产企业，获得了现成销售网络和 46 个商标的永久使用权；上海曦龙生物医药公司与新西兰科研机构合作研究，研制抗癌药物，并取得了美国 FDA 的资质认可；上海安信地板公司买下了巴西 1000 平方公里原始森林，建立了两家木材加工厂等等。

本市民营企业服务全国的意识进一步加强，并取得了令人瞩目的成效。除了复星集团、均瑶集团等大企业集团进一步加大了全国市场和资源的整合力度外，还有快鹿集团投资镇江工业园区、安信地板投资东北林业资源、华东电器集团投资西安商业地产等众多本市民营企业对外投资项目。据不完全统计，到 2006 年 2 月底，本市民营企业仅参与中西部地区的投资项目达 130 个，投资总额达 203 亿元，累计到位资金 80 亿元。从而在自身发展的同时，也为全国的经济发展做出了应有的贡献。

三、2005 年上海民营经济发展中存在的问题

2005 年上海民营经济发展取得显著成绩的同时，还面临着一些问题。既有外部发展环境问题，也有民营企业自身发展中的问题，具体表现如下：

1. 促进民营经济发展政策有待进一步落实

随着国务院《若干意见》、上海《实施意见》贯彻执行，长期困扰民营企业发展的市场准入、公平待遇等问题正在逐步解决；一系列配套政策的出台，为民营企业发展提供更为广阔的空间。然而，民营经济发展政策在落实过程中仍存在一些问题。一方面，《若干意见》和《实施意见》中的许多内容，还缺少配套政策支持；另一方面，一些已出台的配套政策，还缺少实施细则，尤其是在一些垄断行业领域，"玻璃幕墙"依然存在。如：一些垄断行业、公共事业和基础设施等领域的行业准入仍处于试点阶段，操作程序不明确，民营企业无从下手；部分行业进入门槛过高，民营企业难以进入等等。另外，在平等待遇方面也有待进一步落实，操作上的不平等情况仍较普遍。

2. 民营企业融资环境有待改善

尽管 2005 年上海出台了一系列新的专项金融政策，但从实际情况看，无论是直接融资还是间接融资，上海民营企业的资金融通渠道依然不畅通，资金问题依然是制约民营企业发展的重要因素。主要表现在：一是获得银行信贷支持少，资金规模和贷款程序无法满足民营企业的发展需求；二是直接融资渠道窄，由于证券市场门槛高，创业投资不成熟，民营企业依然难以通过资本公开市场筹集资金；三是商业性担保机构和互助性担保机构发展缓慢，无法发挥资金杠杆作用。

3. 民营企业自身实力有待增强

当前，民营企业自身发展上存在的问题也制约了民营经济的发展。一是民营企业产业分布不平衡。一方面，本市民营企业主要分布在服务业中的生活服务业和制造业中的都市型工业，其中近

50% 民营企业从事批零贸易、餐饮业等围绕居民衣食住行需求的行业领域；另一方面，在生产性服务业和上海六大支柱工业中的比重较小。这种产业分布的不平衡，不利于民营企业的持续快速发展。二是民营企业国际化水平较低。首先，产品市场国际化程度低，虽然民营外贸企业数量已占全市总户数的 76.35%，但仅占全市外贸进出口总额的 7.04%；第二，资本投资国外化程度低，本市民营企业境外投资很少，与国际资本的合作也不多；第三，国际化经营能力和经验缺乏，由于参与国际市场的机会少，除安信地板等少数企业外，本市民营企业普遍缺乏国际经营能力和经验。三是民营企业整体竞争力较弱。从企业规模看，虽然本市民营企业数量上占有绝对优势，但与外资和国资相比，上海民营企业的平均注册资本、企业人数和资产均处于明显下风。从行业排名看，受企业规模、管理水平等因素的影响，民营企业的行业竞争力相对较弱。如，在制造业销售额排名前 100 个小类中，优势情况为：国有 20 个，占 20%，三资 76 个，占 76%，民营仅 4 个，占 4%；民营企业集团数量虽已占到全市集团总数一半以上，但在销售百强中，民营企业集团不到 20 家，且大多排名较后。从资源掌控看，由于大多数民营企业成立时间较短，在资金、人才和技术等方面储备较少，在竞争中处于不利的地位。

四、2006 年上海民营经济发展环境及趋势分析

从发展环境看，2006 年上海民营企业将迎来新一轮发展机遇。可以预言，上海民营经济发展的各项指标将创历史新高；同时，上海民营经济的质量将迈上一个新的台阶，具有国际化大都市特点的民营经济特征将更加显现。

2006 年，上海民营企业将面对以下六大发展环境：

1. 经济发展进入新阶段

2006 年是国家实施"十一五"规划的开局之年。按照国家"十一五"规划，"十一五"期间将大力发展个体、私营等非公有制经济，鼓励和支持非公有制经济参与国有企业改革，进入金融服务、公用事业、基础设施等领域。因此，民营企业发展空间将得到进一步拓展。同时，国家"中小企业成长工程"也将从 2006 年启动和实施。"中小企业成长工程"是以提高中小企业自主创新能力为目标，以建立健全产学研相结合的中小企业创新支持体系、引导中小企业向"专、精、特、新"方向发展为重点，推动中小企业自主创新、联合创新、引进消化吸收再创新和信息化，增强企业竞争力，促进民营中小企业健康快速发展。

2006 年也是上海经济增长的重要一年。一方面，上海"十一五"规划将全面启动，"两个优先"产业发展方针将得到进一步贯彻落实，上海先进制造业和现代服务业将得到快速发展，为上海民营经济发展带来巨大的产业机遇。另一方面，上海将进入新的城市功能拓展阶段，"四个中心"建设的推进和世博会等重大项目启动将会为本市民营企业带来更多的参与机会；浦东新区成为全国第一个综合配套改革试点区，为民营企业发展壮大带来机会。

因此，上海民营经济与主导产业的融合度将进一步加强，民营企业的数量、质量和对全市经济贡献率将进一步提高。

2. "科教兴市"深入推进

按照十六届五中全会通过的《中共中央关于制定国民经济和社会发展第十一个五年规划的建议》精神，要把增强自主创新能力作为科学技术发展的战略基点和调整产业结构、转变经济增长方式的中

心环节, 大力提高原始创新能力、集成创新能力和引进消化吸收再创新能力。从2006年开始实施的《国家中长期科学和技术发展规划纲要》, 将"营造激励自主创新的环境, 推动企业成为技术创新的主体, 努力建设创新型国家"作为重要的内容和目标。

2006年将是上海实施"科教兴市"主战略关键年。一方面, 全市将召开科学技术大会, 推出一系列支持企业自主创新的政策措施; 另一方面, 许多"科教兴市"重大项目和重大科技产业化项目将取得实质性推进, 自主创新观念将进一步深入人心。

上海市将出台《实施〈上海中长期科学和技术发展规划纲要〉的若干配套政策》, 重点聚焦于增加创新要素投入、提高创新活动效率、促进创新价值实现这三个主要环节, 力求最大限度发挥政府、企业和市场三方在推动创新中各自应有的作用——政府对创新活动的引导作用、企业在技术创新中的主体作用、市场在配置创新资源中的基础性作用。

因此, 本市民营企业将会以全国和上海科学技术大会精神为指引, 切实发挥民营企业在科教兴市和自主创新的生力军作用, 进一步激发自主创新活力, 提高民营企业自主创新能力。2006年全市民营科技企业数量、民营高新技术企业、民营企业申请的高新技术成果转化项目和专利将大量增加, 创造新的水平。另外, 还将有更多的民营高科技企业进军国内外资本市场, 成为上海民营科技企业的新亮点。

3. 现代服务业加速发展

《中共中央关于制定国民经济与社会发展第十一个五年规划的建议》提出, 要"促进服务业加快发展", "大力发展金融、保险、物流、信息和法律服务等现代服务业"。在现代经济中, 服务业尤其是现代服务业已经成为经济增长的重要动力和现代化的重要标志。作为我国的经济中心城市, 上海更是把优先发展现代服务业作为新一轮产业发展的重中之重, 并确定了金融、物流、商贸、房地产、旅游和信息服务等六大重点发展行业, 还有创意产业、文化产业、休闲产业及个人服务业等发展潜力很大的行业, 都具有广阔的产业基础和空间。同时, 2010年世博会主办、洋山深水港建成以及央行第二总部落户上海等盛事, 也为全面提升广大民营企业现代服务业水平和产业能级创造了很好机遇。

因此, 2006年上海民营经济将在现代服务业领域有更大的作为, 成为上海现代服务业中一支重要的推进力量。

4. 建设社会主义新郊区全面启动

建设社会主义新郊区作为全面建设小康社会的重要步骤, 将是本市2006年的一项非常重要的工作。对广大民营企业来讲, 是实现企业发展与新农村建设对接从而实现双赢的好机会。一方面, 可以积极参与开发区建设, 加快向工业园区集中, 迅速做大做强; 另一方面, 可捕捉绿色商机, 进军农村市场, 尤其是经济不发达地区和市场、资源集聚的地区。因此, 2006年本市将有更多民营企业参与社会主义新农村建设; 本市民营企业对国内其他地区的投资也将进一步加大。

5. 建设资源节约型城市逐步深入

根据中央要求和自身发展需要, 上海把建设资源节约型、环境友好型城市作为新一轮城市发展的方向。一是大力发展循环经济, 坚持节约与开发并举、节约优先, 依靠科技进步, 切实抓好节能、节水、节地、节材, 提高资源综合利用效率。二是加大环境保护力度, 以水、气治理和生活垃圾、固体废弃物处置为重点, 完善环保体制和政策, 滚动实施环保三年行动计划。三是加强生态建设和自然生态保护，加强生态绿化建设，建设一批生态林、生态园、生态村镇和社区。在资源节约型城市建设中，必将加大对节能环保、新能源以及生态园区等领域的支持力度。由于这些领域是比较新兴的领域，因此，必将为上海民营企业发展提供许多发展机遇。

五、2006 年推进民营经济发展的工作重点

2006 年，上海推进民营经济发展的总体思路是：全面贯彻落实《若干意见》和《实施意见》，形成政府部门合力，在更大范围、更广阔空间整合资源，发挥和调动区县发展民营经济积极性，大力发展具有现代化国际大都市特点的民营经济。

重点开展以下四方面工作：

1. 以政策落实为抓手，优化民营经济发展环境

民营经济发展环境将直接关系到广大民营企业的发展。随着"两个毫不动摇"贯彻和"十一五"规划实施，《若干意见》和《实施意见》要进一步落实。一方面，在市场准入、金融服务、公众创业、改进政府监督和管理方面加快实施相关配套政策，逐步打破长期制约民营企业发展的政策壁垒。另一方面，加快落实民营企业比较关心的政策。如非公有资本进入文化产业、民办公益性机构投资回报、国内民营企业落户上海等。另外，2006 年各级政府要加大对现有限制非公有制经济规定的清理力度，修改或废止那些与《若干意见》和《实施意见》要求相违背的现行规定。

2. 以自主创新为核心，提升民营企业产业能级

积极引导广大民营企业抓住"十一五"发展机遇，发展具有现代化国际大都市特点的民营经济。重点开展以下四项工作：一是引导民营企业提高创新能力。重点做好产业导向、完善创新环境、建设服务平台和提供政策支持等工作。二是鼓励民营企业形成研发能力。支持民营企业建立国家级和市级企业技术中心；重点支持一批有条件的民营企业与大学、研究院所建立产学研战略联盟；鼓励有条件的企业购买先进技术和研发装备、测试仪器，为企业提高创新能力提供后劲；支持民营企业收购海内外研发机构和技术团队。三是支持民营企业参与科教兴市主战略实施和重点项目建设。重点支持民营企业参与科教兴市重大产业攻关项目；对民营企业科教兴市产业升级重点项目予以资金支持；支持民营企业产品进入政府采购目录，积极参与重大项目建设设备采购等。四是聚焦一批自主创新民营企业发展。建立民营企业自主创新重点企业数据库，重点支持一批具有核心技术、拥有自主品牌、创新能力较强的民营企业；鼓励民营企业申请各项专利。

3. 以"两个优先"为重点，引导民营企业在优势领域加快发展

深入贯彻落"科教兴市"主战略，进一步提升民营经济与上海"两个优先"的产业融合度。一是重点支持一批先进制造业和现代服务业领域的民营企业。及时沟通解决这些民营企业反映的发展问题，重点解决在用地指标、品牌建设、人才引进、市场拓展、政策扶持和资金支持等方面的具体问题。二是加大力度吸引一批"两个优先"领域的国内民营企业总部来沪发展，形成政策聚焦。三是进一步放宽市场准入。支持有条件民营企业进入基础设施、公共服务等领域，提高民营经济在新兴服务业中所占的比重。四是促进民营资本与国资、外资联动，参与"两个优先"发展。

4. 以形成合力为目标，完善民营企业服务体系

民营企业健康发展需要有相对完善的民营企业服务体系作支撑。2006年，将重点推进以下工作：一是积极推进"市区联动、条块结合"的服务监督体系的建设。加强与市级职能部门和区县民营经济服务部门的联络与合作，形成市区联动的工作格局。二是进一步发挥上海民营经济促进中心等社会中介服务机构的作用，进一步完善社会服务的运作机制，提高整合资源的能力和专业化水平。三是增进信息交流，加强舆论引导。建立多渠道、多形式的交流机制；进一步与主流媒体合作，加大对民营经济的宣传力度等。

第二章 中小企业发展概述

2005年，按照市委、市政府的统一部署，在本市中小企业工作部门积极推动和区县政府、各类中介机构的大力支持与配合下，本市着重创造公平发展环境和促进建立中小企业社会化服务体系，充分利用各种社会资源，支持和引导中小企业持续健康协调发展。全市中小企业保持了持续、快速、健康的发展势头，为上海经济增长、社会稳定、市场繁荣作出了重要贡献。

一、2005年上海中小企业发展的基本情况

2005年，上海全面贯彻落实科学发展观，实施"科教兴市"主战略和"两个优先"发展战略，GDP第14年实现两位数增长。作为促进上海经济和社会发展的一支生力军，中小企业的企业数量、从业人员、营业收入和实收资本规模等均继续增长。

1．中小企业数量继续增长

根据市统计局提供的快报数据显示，2005年底，全市共有中小型法人企业33.74万户，占全市法人企业总数的99.66%，比2004年增加1.69万户，增长5.29%。中小企业中，中型企业户数增长速度超过小型企业。2005年末，全市中型企业8322户，比2004年增长10.5%，小型企业32.90万户，增长5.17%。近年来全市中小企业增长情况（参见图3）。

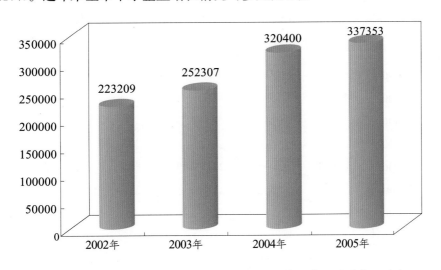

图3 2002~2005年全市中小企业总户数增长情况（单位：户）

（说明：2004年的数据是上海第一次经济普查数据。）

2. 吸纳就业能力增强

中小企业在经济社会发展中最重要的作用之一，就是创造了大量的就业岗位和就业机会。经过多年的发展，中小企业已成为上海城乡就业的主渠道。2005年底，全市中小企业从业人员779.96万人，占全市法人企业从业人员总数的85.89%。由于中小企业户数增加、规模壮大，因此，从业人员数量比2004年增长8.94%，其中中型企业和小型企业分别增长12.45%和7.5%，反映出中型企业在创造就业岗位方面的能力超过小型企业。2005年当年新增就业岗位60多万个，城镇失业登记人员27.5万人，登记失业率4.4%（参见图4）。

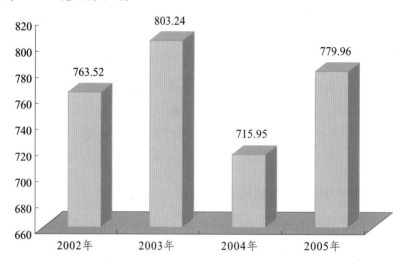

图4 2002~2005年全市中小企业从业人员增长情况（单位：万人）

3. 总体实力不断壮大

2005年中小企业营业总收入在2004年高速增长的基础上继续提高，达3.58万亿元，比上年提高11.16%。实收资本也扭转了2004年的下降态势，出现上升势头，年末中小企业累计实收资本1.6万亿元，比上年提高15.34%。总体规模的扩大，使中小企业在经济发展中的地位越来越重要。2005年，中小企业营业总收入和实收资本分别占全市法人企业的67.54%和72.71%，已成为促进上海经济和社会发展的重要力量（参见图5）。

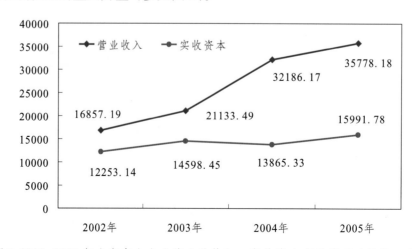

图5 2002~2005年全市中小企业营业总收入、实收资本变动情况（单位：亿元）

二、2005 年上海中小企业发展特点

在上海建设"四个中心"、向国际化大都市迈进的过程中，中小企业保持了与整个城市的同步发展，总体规模不断扩大，产业结构不断优化，经济实力不断增强，成为拉动上海经济增长、促进城乡就业、优化产业结构、提升城市功能的重要力量。2005 年，上海中小企业发展的主要趋势与特点有：

1. 政策环境不断优化

2005 年，全社会对中小企业发展的重视程度进一步提高，从国务院、国家部委到上海市政府及有关市级部门都相继出台了促进中小企业发展的政策文件。年初，国务院颁发了《关于鼓励支持和引导个体私营等非公有制经济发展的若干意见》，随后上海市政府颁发了《若干意见》的《实施意见》（"38 条"），重点为中小企业发展创造公平的市场环境。7 月，银监会出台《关于开展小企业贷款的指导意见》，鼓励商业银行开展小企业贷款，缓解小企业贷款难的矛盾。为鼓励创业，市工商局在浦东新区进行人力资本出资、企业注册资本分缴等试点。这些政策的出台和实施，进一步改善了中小企业发展的环境，为本市实现中小企业全面、健康发展提供了有力保障。

2. 产业结构不断提升，功能不断完善

随着产业结构调整力度的加大，以及"两个优先"战略的实施，第三产业逐步成为城市经济的"主角"。上海中小企业既是这一趋势的推动者，也是验证者。2005 年末，各项指标的增长速度均超过同期第二产业中小企业的发展（参见图 6）。

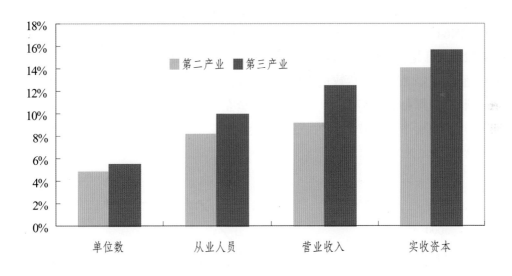

图 6 2005 年第二、第三产业各项指标增幅比较

第三产业中，提升和完善城市功能的现代服务业发展尤其迅速，2005 年发展最快的是物流业。上海在长三角和华东地区所处的经济、产业和交通的龙头地位，为物流业快速发展创造了得天独厚的条件。2005 年，物流业中小企业户数达 7643 户，较上年增加 17.46%；营业收入 2434.46 亿元，增长 57.15%；实收资本 952.88 亿元，增长 42.59%。

3. 非公有制中小企业规模不断扩大，国有企业实力不断增强

近年来，通过深化改革，加快所有制结构调整，国有经济逐步退出一般性竞争领域，向大型企业、优势企业和优势行业集中，非公有制经济（包括私营和外资等）总体规模逐步增大，发展势头猛进（参见图7）。在全市中小型法人企业中，国有和集体企业户数仅占中小企业总数的9.5%，而非公有制中小企业共有30.47万户，占全部中小型法人企业总数的90.5%。

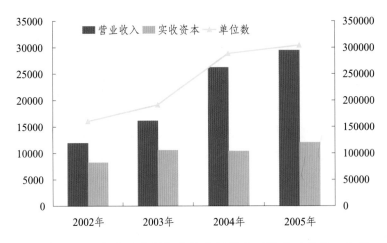

图7 2002年~2005年非公有制经济总体规模变动情况（单位：亿元、户）

截至2005年末，全市30.47万户非公中小型法人企业的实收资本达1.20万亿元，占全部法人企业实收资本总量的75.1%；全年实现营业收入2.95万亿元，占全部法人企业营业收入总量的82.3%。在全市非公有制经济各类法人企业中，除去港澳台商及外商投资和其他混合型经济企业外，全市有私营法人企业25.64万户，其中大型企业只有不到200户，中小企业达25.62万户，占私营法人企业总数的99.92%。可见在"非公企业"中，中小企业又占了绝大多数。

国有中小企业实力增强。虽然数量持续下降，但户均规模出现稳步提高的态势。2005年，上海国有中小企业户均营业收入5762.44万元，是外资企业的1.2倍，集体企业的8.4倍，私营企业的14.5倍；户均实收资本4249.72万元，是外资企业的2倍，集体企业的19倍，私营企业的36.5倍（参见图8）。

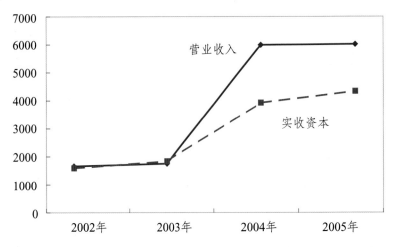

图8 2002年~2005年国有中小企业户均规模（单位：万元）

4. 第二产业和非公有经济成为社会就业的主渠道

从产业结构来看，第二产业内部结构调整速度加快，以及消费结构不断升级，促进了从业人员在三次产业之间的分布更趋合理。2005年，第二产业仍是创造就业岗位、吸纳劳动力的主渠道。第二产业中小企业从业人员达423.38万人，占中小企业从业人员总数的54.28%，比第三产业高出8.6个百分点。与2004年相比，第二产业就业能力提高，全年从业人员比2004年增加31.74万人，增长8.11%，同期第三产业从业人数仅增长1.91%。上海第一、第二、第三产业中小型法人企业的就业比重分别为0.03%、54.28%和45.68%。

从行业分布来看，第二产业中的工业企业吸纳就业能力最为突出。2005年，全市工业中小企业从业人员达342.8万人，占全市中小企业从业人员总数的43.95%，远远超过商业、建筑业等劳动密集型行业。

从所有制结构来看，非公有制中小企业逐步成为社会就业的主渠道。2002～2005年，上海私营和外资中小企业从业人数不断上升，2005年末从业人员达650.98万人，占全市中小企业从业人数的83.46%（参见图9）。

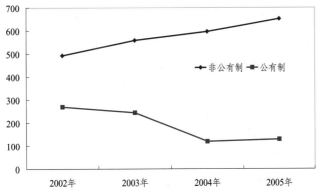

图9 2002～2005年公有制和非公有制中小企业从业人数变动情况（单位：万人）

5. 法人和个人资本成为中小企业的主要资本来源

近年来，在上海中小企业资本来源中，法人和个人资本投入逐步增加，在中小企业实收资本中的比重也逐步提高（参见图10）。到2005年末，法人和个人资本合计投入8101.75亿元，占中小企业实收资本总额的50.66%。

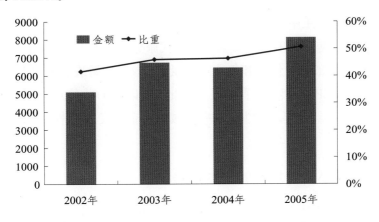

图10 2002～2005年法人和个人资本变动情况

从产业结构来看,法人和个人资本在三次产业中的投入比例分别为96.08%、43.16%、53.73%,均超过其他资本。

从行业分布来看,法人和个人资本的投入也都超过其他资本,其中在物流、商业、餐饮、租赁、信息传输、计算机服务和软件业、科研及技术服务业和居民服务业等行业的投资比例还超过了50%。另一方面,中小企业也成为法人资本和个人资本,特别是个人资本的主要投资渠道。从全社会来看,2005年投向法人企业的个人资本中,82.06%投向了中小企业。

三、2006年上海中小企业发展趋势

上海中小企业的发展已经具备了一定的规模和地位,创业环境不断改善。2006年是国家实施"十一五"规划的第一年,预期上海中小企业将在下列领域中呈现发展的新局面。

1. 高新技术中小企业将得到进一步发展

目前,在上海高新技术企业中,中小企业占90%以上。在资源投入紧缺的情况下,中小企业更易于在人力资本和技术进步领域发挥作用。上海作为人才高地、经济中心城市,吸引着大量"海归"、高素质人才的涌入,为科技型中小企业发展奠定了基础。

2. 都市工业将集聚更多中小企业

都市工业以其独特的优势已成为解决城市就业的重要途径,成为上海的工业特色。都市工业以众多中小企业为主体,将形成"精、特、多、专"的特点。因其投资少、门槛低而广受创业者青睐,会成为小企业起步的首选。在有关优惠政策的扶持下,2006年都市工业将跃上新台阶。

3. 产业集群带动中小企业发展

在上海六大支柱产业的带动下,一大批大项目、大基地的形成促进了产业链的发展和延伸,让中小企业获得了商机。一个以行业龙头企业为核心、众多中小企业集群的产业发展格局已形成。中小企业在这一集群中获得增值效应,上海的功能区和园区集群效能将更有效的引领中小企业的发展。

4. "走出去"战略增强中小企业可持续发展能力

国家鼓励和支持有比较优势的企业,在更大范围,更广领域和更高层次上参与国际市场合作和竞争,这为优质中小企业打开又一发展的空间。采取合适的战略,发挥中小企业在产业发展中"精、特、多、专"的特点,扬长避短,上海将会有更多的中小企业产品和服务"走出去"拓展更大的发展空间。

5. 现代服务业中不断催生中小企业

先进制造业的发展、世博会等项目的启动呼唤现代服务业的发展。上海中小企业中服务业企业已占了大半个江山,有一定的人才储备和创业经营氛围。政府为解决服务业"短腿"也出了台诸多扶持、优惠政策。借助"CEPA"实施,香港服务业北上,以BPO为特点的国际新一轮现代产业转移,加之行业特点中对规模经营要求较少,这一领域中小企业发展可谓得"天时地利",将会有急剧增长。

四、2006年促进中小企业发展的基本思路

2006年是"十一五"规划的开局之年,也是上海中小企业"科技创新"年。上海将在认真贯彻落实十六届五中全会关于提升中小企业自主创新能力的精神,以及《中华人民共和国中小企业促

进法》等有关政策法规的基础上，紧紧围绕本市实施"科教兴市"主战略和"两个优先"发展的方针，按照市政府2006年度重点工作安排，坚持科学发展观，结合上海中小企业实际，以"中小企业成长工程"为目标，以提升中小企业创新能力为主线，以完善社会化服务体系建设为重点，以品牌建设等活动为主要载体，充分整合利用各种社会资源，进一步加强对中小企业、民营经济的鼓励、培育、引导和服务工作，着力改善中小企业发展环境，不断增强企业的综合竞争能力，培育一批符合产业导向的成长型中小企业成为"小巨人"或"龙头"企业。

为此，全年将重点细化"两个落实"，聚焦推进"四项建设"，具体做好"五项工作"。

（一）重点细化两个落实

贯彻落实《中小企业促进法》和《国务院关于鼓励支持和引导个体私营等非公有制发展的若干意见》（简称"36"条），细化落实《上海市贯彻<国务院关于鼓励支持和引导个体私营等非公有制发展的若干意见>的实施意见》（简称"38"条）的可操作性措施，有效发挥政策效应。结合本市产业结构调整的要求，重点研究本市中小企业产业结构、产业布局，中小企业的制度创新和发展趋势，政府支持中小企业发展的公共政策，研究如何按照"两个优先"方针发展中小企业。具体内容有：

贯彻上海市国民经济和社会发展第十一个五年规划纲要，进一步完善《上海中小企业发展"十一五"规划》，制定《上海市中小企业成长工程"十一五"规划》。2006年，上海将实施"科技小巨人"工程，重点支持培育一批创新型、规模型和示范性的高新技术中小企业。

按照市政府要求开展涉及中小企业发展方面的专项研究工作。如开展设立上海中小企业发展专项资金专题，本市股份合作制企业进一步深化改革的若干意见和改革试点办法的研究工作，本市中小企业诚信体系建设及融资担保方面的专题调查研究等。

（二）聚焦推进四项建设

1. 推进中小企业品牌建设

2006年将按照《关于开展"推进本市中小企业品牌建设"的行动方案》和具体实施办法有效推进相关工作。同时，加强与相关行政管理部门的联系，发挥"中小企业品牌建设委员会"的作用，依托区县和各类园区建立品牌孵化基地，以开展"中小企业品牌产品推荐活动"为载体，激励中小企业提升自主创新能力和自身整体实力，引导广大中小企业重视品牌建设。以搭建品牌服务平台为抓手，做好中小企业品牌建设的推进工作。

2. 推进中小企业创新服务平台建设

2006年作为本市中小企业"科技创新"年，将以诚信建设和融资担保服务护航，依靠区县、乡镇（街道）和园区具体实施，依托信息化手段，在现有服务体系框架下着力构建技术创新服务体系，支持和推动中小企业的技术创新活动。进一步加快中小企业技术创新服务体系的建设，围绕"自主创新"开展系列活动，特别是在中小企业公共技术平台建设、技术信息沟通等方面提供有效服务，发挥积极作用。一是，加强对中小企业技术创新工作的指导。适时召开中小企业自主创新及服务机构创新服务工作经验交流会，推进中小企业和民营企业的制度创新、技术创新和管理创新，提高中小企业和民营企业的综合创新能力。二是，加快构建中小企业的技术服务平台。整合资源，多渠道多方式支持中小企业提高自主创新能力；协调联合高校及有关研究机构，利用工业园区、都市工业园区及科技孵化基地，搭建中小企业公共技术服务平台；依托区县、乡镇（街道），抓一批研发能力特别强、成长性良好的中小企业，推进制度创新、技术创新、管理创新，不断提高中小企业的综合竞争力；联合专业性、公益性情报服务机构，以中小企业信息平台为载体，做好中小企业技术创新方面的信息服务工作。

3. 推进中小企业融资诚信建设

围绕"融资、担保、信用"三大主题，按照"服务企业，解决瓶颈"的要求，大力推进中小企业诚信制度建设，推动中小企业融资工作，通过落实信用担保方面的政策措施，选择有条件的区县作为创新示范区，探索市区联合共建中小企业融资推进工作的新机制、新方法和新思路，以点带面，推动全市中小企业融资工作，有效缓解中小企业的融资难矛盾。一是建设中小企业融资平台，拓展中小企业融资渠道。与国家开发银行共建中小企业融资平台；与区县政府合作共建区县级中小企业融资平台；与商业银行合作创新融资服务。二是深化担保体系建设，推动担保市场规范发展。做好担保机构设立和变更的初审工作。推动行业自律，做好担保行业协会筹备工作；开展本市中小企业担保机构2005年度损账补贴工作。做好担保机构的动态监管，积极推动担保机构和政府及银行的合作。三是推进中小企业信用建设工程，夯实企业融资的信用基础。做好2006年中小企业信用评级试点工作。四是开展融资咨询活动，提高中小企业融资能力。五是推动中小企业改制上市工作，培育优质高端中小企业。与区县合作，实施改制上市培育计划，开展中小企业改制上市培训。结合国家发改委"中小企业成长工程"，对进入区改制上市后备资源库的企业，给予重点服务。

4. 推进中小企业信息化建设

以"上海中小企业网"为龙头，加强市、区县中小企业工作和服务机构的协调沟通，尽可能利用网站便捷、高效的优势开展网上政务、商务办公服务，各网站间通过技术手段逐步实现信息互动，使网站成为各级机构为中小企业提供服务的工作平台，形成覆盖全市中小企业的信息服务网络体系。通过推进本市中小企业信息平台功能建设拓展工作进程，引导和激励中小企业重视信息化建设。

加强中小企业信息服务工作平台建设。建立基层调研制度，扩大信息源信息量。建立信息编辑工作制度，试点兼职信息员制度，拓展信息渠道和来源。建立重大活动及时报道制度。完善"区县之窗"频道。选择试点区，从工作动态、招商信息等信息采集，开放后台内容编辑系统。

加强中小企业信息服务平台建设。打造"专家咨询"、"企业融资"和"技术创新"等重点频道栏目。有效发挥咨询专家队伍的作用，紧密结合相关业务工作进程和重要活动，采用网上网下结合，相互支撑互动。

（三）具体做好五项工作

1. 健全中小企业工作和服务机构的工作机制

在现有中小企业服务体系架构的基础上，充分发挥市级中小企业工作和服务机构的龙头作用，充分依靠区县具体落实服务措施，健全工作机制，切实推进中小企业服务体系的建设和完善。一是理顺市、区县中小企业工作和服务机构的对接关系。继续坚持和完善全市五个中小企业工作和服务机构联席会议制度。探索建立市、区（县）、乡镇（街道）、园区之间的联系、协作与资源整合机制。在原有工作基础上，扩大试点范围，建立更多的中小企业服务工作交流协作区、协作乡镇（街道）和园区，推广更有效的服务模式和服务活动。二是联手区县、街镇、园区等开展针对性服务活动。依托各区县的乡镇、街道、经济园区等部门，形成资源共享，优势互补，交流互动，共同发展的大平台，为中小企业和区域经济提供针对性服务。三是充分发挥各类传媒等宣传渠道的作用。与各类媒体共同做好对中小企业相关政策法规、工作服务网络、综合服务信息等多方面的宣传报道工作。

2. 探索建立有效的中小企业统计分析模式

组织力量开展专题研究，逐步建立和完善独立可行、及时有效的中小企业统计分析模式。逐步建立和完善中小企业分产业、分行业、分区域的数据资料库。

3. 配合国家"中小企业银河培训工程"开展各项培训工作

配合国家中小企业"银河培训工程"，借助"上海工作站"等培训机构，结合中小企业的实际状况和需求，开展相关的中小企业培训活动。

4. 加强中小企业内部管理

通过多种形式和途径，促进中小企业加强内部管理，提升中小企业和非公企业的管理理念，进一步推动国有和集体中小企业的深化改革。重点培育百家先进制造业和现代服务业中小企业，开展专项培训、学习考察和扶持措施，提高其综合竞争力，做专做强，培育一批"小巨人"企业。

5. 加强同国内外相关机构的交流与合作，搭建商贸平台

推进更广泛的国内外中小企业商贸合作与交流活动，拓展中小企业经贸交流的渠道，为中小企业搭建商贸交流和往来的平台。一方面，积极拓展国内合作交流渠道。整合资源开展有针对性的各种交流对接服务工作，并引导企业"走出去"服务全国；支持服务机构举办各类企业经贸洽谈会、投资说明会、商情介绍会、技术成果和项目开发投资发布暨对接洽谈会等活动；积极推进中小企业服务机构参与并协助工业开发区和区县开展专业招商；加强与国家发改委中小企业司、各省市同行的联系和协作；建立面向长三角和全国的中小企业工作服务机制，推动中小企业跨地区的合作交流。另一方面，继续扩大国际交往。主动寻求与国外同类机构的合作交流机会；积极协调组织中小企业参与国外的企业、项目和技术的对接洽谈工作。另外，还将根据国家发改委等部门的统一部署，做好相关活动。组织参加国家发改委和教育部联合举办的"2006年全国中小企业网上百日招聘高校毕业生活动"；协调组建上海团参加5月18～21日在青岛举办的"第四届APEC中小企业技术交流暨展览会"；协调组建上海团参加9月15～18日在广州举办的第三届"中国中小企业博览会"。

第二部分

行 业 篇

第一章 民营企业主要行业分布

随着市场准入门槛的降低，民营企业在科技、教育、基础设施、市政建设、医疗服务等领域成增长态势，产业分布进一步优化。至2005年底，本市从事第一产业的民营企业为1592户，注册资本为26.4亿元；从事第二产业的民营企业10.5万户，注册资本1622亿元；从事第三产业的民营企业为36.9万户，注册资本为5560.9亿元。民营企业一、二、三产业结构比例为：0.34 : 22.11 : 77.55。

2005年，民营企业投资新办物流企业1.2万户，同比增长61.9%,投资新办信息传输、计算机服务和软件行业达1.07万户，同比增长40.1%。

一、制造业

在本市455个制造业小类中，民营企业在其中246个行业进入了前六名。其中有47家企业行业排名第一，62家企业行业排名第二，70家企业行业排名第三，94家企业行业排名第四，90家企业行业排名第五，156家企业行业排名第六（详见附录7）。另外，以前六名企业的销售总额为依据，在455个小类中，国有（含集体）在65个小类处于领先地位，占15%；三资企业（含国资、民资等股份）在297个小类处于领先，占65%；民营企业在93个小类处于领先，占20%。因此，可以看出，民营企业在制造业中具有非常重要的地位，并具有广阔的发展空间。

目前，上海民营企业正在以下重点制造业显示处强劲的发展势头：

1. 装备产业

目前，已经形成了华普汽车、正泰电气、龙工机械、惠生化工等为代表的企业。在汽车制造方面，上海华普汽车有限公司2005年产销汽车24518辆，比2004年增长143.6%，居全国汽车行业增幅之首；上海比亚迪有限公司以"打造民族的世界汽车品牌，建造国际水准的好车"为目标，自主研发、自主生产，打造自主品牌；上海干巷汽车镜（集团）有限公司主导产品"蝴蝶牌"轿车后视镜国内市场占有率达到70%，轿车换档操纵器机构总成国内市场占有率达到40%。在机械制造方面，中国龙工（上海）机械制造有限公司的主导产品——龙工牌装载机获得了"中国名牌产品"称号；上海凯泉泵业（集团）有限公司连续六年名列全国泵行业销售额第一。在电气设备制造方面，上海正泰电气股份有限公司完成了83项新产品开发，并开展自主创新200余项；上海中发电气（集团）有限公司开发了7项使用新型专利；上海华明电力设备制造有限公司已成为国内第一、世界第二的有载分接开关企业，国内市场占有率达80%。在石油化工装置改造方面，上海惠生化工工程有限公司成为亚洲唯一一家乙烯列解装置改造企业；上海神开科技有限公司有8项新产品列入国家重点新产品和上海市重点新产品计划，多项产品达到国内领先、国际先进水平。在电缆制造方面，上海胜华电缆（集团）有限公司年生产能力 1000 万千米，列中国电线电缆行业 100 强第 3 名。

2. 信息产业

信息产业领域已经集聚了以展讯通信、复旦微电子、中微电子、高智科技等为代表一批民营企业。在通讯领域，展讯通信有限公司成功开发了中国首个具有自主知识产权的 GSM/GPRS 基带处理芯片/软件及系统解决方案，打破了手机芯片核心技术长期以来被国外公司垄断的技术壁垒。在集成电路方面，上海复旦微电子股份有限公司已攻克了存储器、CPU 等关键技术难关；上海宽频科技有限公司首创的"中国芯（C*Core）"及其系统设计（SOC）达到了世界先进水平。在多媒体技术方面，上海高智科技发展有限公司制造了"卫星数字转播车"和"应急通信指挥车"；上海延华职能科技有限公司研发的"数字社区综合信息管理平台"被国家科技部、商务部、质量监督检验检疫总局、环境保护总局等四部委联合评定为"国家级新产品"。在电子商务方面，上海格尔软件股份有限公司在网上身份认证和 PKI 产品领域处于领先地位；上海汉邦金泰数码技术有限公司已成为信息安全领域的行业领军企业。在软件方面，上海博科科技资讯有限公司开发出了"全球首个 ERP 自主平台"。在信息服务领域，上海航天计算机系统工程有限公司已在全国建立了两个卫星信息发射中心、70 余个卫星接受站，覆盖了全国 23 个省市，在读学生超过万人

3. 生物医药产业

复星医药、科华生物工程、绿谷（集团）等已成为生物医药产业的代表。在生物制药方面，上海复星医药（集团）股份有限公司研制的"青蒿琥脂"处于世界领先水平；上海百棵药业有限公司自主研发成功了我国第一个以治疗胃癌、肝癌等消化系统肿瘤为主的治疗性原创中药；上海迪赛诺医药发展有限公司是中国爱滋病治疗药物定点生产企业，产品 70% 出口。在生物工程方面，上海科华生物工程股份有限公司主导产品乙肝两对半诊断试剂、丙肝抗体诊断试剂、爱滋病抗体等产品市场份额名列全国第一。绿谷集团联手中科院上海生命科学院等机构，进军中药产业。在生物农药领域，上海生农生化制品有限公司已畅销欧美、南美及东南亚等地区。在生物科技方面，上海数康生物科技有限公司开发的 C12 属世界首创。

4. 新兴产业

新兴产业领域为广大民营企业提供了一个广阔的发展空间。在医疗器械方面，微创医疗器械（上海）有限公司生产的药物支架等主要产品绝大多数为国内首创。在清洁能源方面，上海神力科技有限公司已申请质子交换膜燃料电池技术专利中国、美国专利 260 项。在资源节约方面，上海宏源照明有限公司，研制并投入产业化的节能型电磁感应灯，填补了全球照明技术的空白。在新材料方面，上海杰事杰新材料股份有限公司凭借 25 项授权发明专利和上百项发明专利，站在了中国工程塑料开发的制高点上；上海金发科技发展有限公司已成为索尼、三星、上海大众、上海通用等知名企业的工程塑料供货商。在电容器开发方面，上海奥威科技开发有限公司拥有多项自主知识产权，并已申请专利 20 项。在驱动技术领域，上海安乃达驱动技术有限公司以处于国内新能源汽车电机和电机控制系统研究的领先地位。在经营模式创新方面，上海美特斯邦威集团有限公司开创了国内服装行业"虚拟经营"的先河。

二、服务业

通过对互联电信、网信息服务、计算机服务业、软件业、租赁业、企业管理服务、法律服务、咨询与调查、广告业、知识产权服务、职业中介服务、旅行社、会议及展览服务、工程管理服务、技术推广服务、科技中介服务、理发及美容保健服务、洗浴服务、婚姻服务、新闻出版、广播电视电影和音像业、室内娱乐活动、游乐园、休闲健身娱乐活动、批发、百货零售、超级市场零售、正餐服务、快餐服务、饮料及冷饮服务、旅游饭店和一般旅馆等31个服务行业分析，民营企业在20个行业进入前六名，其中有6家企业行业排名第一，9家企业行业排名第二，10家企业行业排名第三，7家企业行业排名第四，8家企业行业排名第五，8家企业行业排名第六（详见附录7）。在洗浴服务、正餐服务、法律服务、租赁业、旅行社等行业民营企业占有比较明显的优势；同时，在互联网信息服务、计算机服务业、软件业等领域民营企业增长迅速。

第二章 中小企业主要行业分布

　　本市中小企业主要分布在第二和第三产业。2005年，全市第二产业中小企业户数达8.1万户，从业人员423.4万，营业收入1.32万亿元，实收资本4762.4亿元；第三产业中小企业户数达25.6万户，从业人员356.3万、营业收入2.25万亿元，实收资本1.12万亿元。

　　从经济济类型看，内资企业是上海中小企业的主体，2005年末全市内资中小企业达31.44万户，占全市中小企业总数的93.2%，比2004年增长4.1%；港澳台商及外商投资（以下简称外资）企业2.3万户，占6.8%，比2004年增长24.92%。内资企业中，国有企业8100户，集体企2.4万户，私营企业25.62万，混合型企业2.58万户（参见图11）。

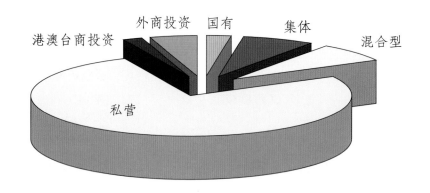

图 11 2005 年中小企业构成情况

　　从资本来源看，2005年全市中小企业实收资本达15991.78亿元，其中国家资本3082.03亿元，比2004年增长17.38%；集体资本807.57亿元，比上年下降49.61%；法人资本5440.99亿元，比上年增长37.09%；个人资本2660.76亿元，比上年增长7.90%；港澳台商资本1063.72亿元，比上年下降40.70%；外商资本2936.71亿元，比上年增长108.57%。

　　从行业分布看，2005年上海中小企业主要分布在商业、制造业和商务服务业领域。商务服务业是近年来的新兴行业，包括企业管理服务、法律服务、咨询与调查、广告、职业中介服务、市场管理等领域，是上海现代服务业的重要组成部分。上述三大行业共有中小企业25.07万户，占全部中小企业户数的74.32%。

　　目前，本市中小企业主要行业分布情况如下：

一、制造业

上海制造业中小企业有 81280 户，占制造业企业总数的 99.86%，与 2004 年相比增加 18276 家，增幅 29%。实收资本规模占制造业资产规模的 73.48%。制造业中小企业就业人数达 423.38 万人，占中小企业从业人数总数的 54.28%，占全市制造业就业人数总数的 86.70%，比 2004 年增加就业 106.87 万人，增幅达 33.77%。2005 年制造业中小企业营业收入占全市制造业营业总收入的 66.22%。

2005 年上海制造业中小企业发展特点：一是总体规模不断扩大。实收资本的规模和企业总数都有所上升。二是社会贡献日益突出。制造业中小企业吸纳就业对社会贡献、社会效益明显。三是促进产业结构调整。2005 年制造业中小企业的发展，促进了上海产业结构的发展，主要体现在：大量制造业中小企业已从传统劳动密集型企业，转向现代制造业。随着上海新一轮的产业结构的调整，各区县大力发展优势产业，资源和要素向制造业重点行业集中。传统劳动密集型企业成本提升，传统制造业提高产品的技术含量、提高产品在产业中的融合度，发展现代制造业，成为制造业中小企业的发展趋势。四是制造业中小企业仍是自主创新的主力军。2005 年制造业中小企业占全市高新技术企业半壁江山；全市 100 家自主创新的优秀企业中，也近半数为制造业的中小企业，目前本市自主品牌的仍以制造业为主。全市建立的各级技术中心也是制造业的天下。

二、服务业

上海服务业中小企业户数有 25.6 万户，占服务业企业总数的 99.60%。与 2004 年相比企业户增加 13194 户，增幅为 5.4%，实收资本规模占服务业资本规模的 72.33%。服务业中小企业就业人数达 356.31 万人，占中小企业就业人数总数的 45.86%，占全市服务业就业人员总数的 84.93%，比 2004 年增加就业人数 32.06 万人。2005 年服务业中小企业实现营业收入占全市服务业营业总收入的 68.34%。

2005 年上海服务业中小企业发展特点：一是构成及服务的产业形态有待提高。商贸，餐饮业发展势头较猛，但大多数企业处于初创期，总体的投入产出不高；金融和房地产业效益显著降低，宏观调控后这些行业仍处于调整稳定期；科教文卫事业总量上变化不大，但同比下降趋势突出。二是在服务业中小企业集聚度最高的商品流通业和餐饮服务业中，非本地投资居多，"商帮"现象显著。据不完全统计目前各地在沪商会已有 40 多家，在上海乃至全国商界拥有一席之地，这是上海服务业中小企业又一个特点。三是中小企业已成为城市反哺农村、工业反哺农业，促进城市化进程重要载体。一方面，城市以吸纳农村劳动力为动力推进建设事业的发展，从而实现了城乡互助互补的良好互动，服务业中小企业以商品流通和餐饮业的企业为主，对人员素质要求不高，点多而广，企业数众多成为吸纳这一群体的"蓄水池"。另一方面，城市化进程中形成的新的人员聚集区，对商业网点，餐饮住宿的需求，带动了地区繁荣发展，以城市的发展反哺农村，推进新一轮农村改革。四是现代服务业得到显著发展。2005 年服务业中小企业中体现行业发展方向的现代服务业虽然在比例上跌幅较大，但在总量上基本维持原有水平，处稳定发展期。在理财，律师，广告，咨询等方面发展较为稳健。服务业在向知识化方面倾斜，信息软件，教育，娱乐等发展迅速，成为发展最快的经济增长动力，产业内部结构总体上趋向优化。近年来，上海创意产业的兴起，迅猛发展，更是促进了这一发展态势。

三、外贸企业

上海的中小企业发展拥有明显的区位优势，洋山港的建成，浦东机场第二条跑道的启用，以及铁路干线的提速等一系列重大工程的完成，使得上海枢纽港的作用已经显现。与此同时，上海的信息港建设也是如火如荼，电子商务的普及与运用程度得到日益提高。因而，2005年，上海外贸类中小企业实现跨越式发展，经营主体数量进一步扩充，进出口总额成倍增长。截至2005年底，本市拥有外贸经营权的，或有自营进出口权的中小企业已达11570家，有出口实绩的企业超过5307家。全年累计进出口总额达167.73亿美元，比上年增长239.6%，占全市外贸进出口总额的9%。

2005年，上海外贸类中小企业呈现出以下发展特点：一是经营主体数量稳步增长。二是进出口总额实现翻番。2005年上海中小企业完成出口82.1亿美元，比上年增长了一倍多。国内经济的发展也带动了内需消费品市场，不少中小企业更看好做外商品牌代理和进口业务，因而，中小企业的进口总额激增，首次超过出口额，突破85.63亿美元，实现了骄人的业绩。三是外贸出口商品结构进一步优化。2005年中小企业的出口商品结构发生了重大变化，机电类产品的比重正在逐步增大，主导地位开始显现，全年完成机电产品出口34.22亿美元。高科技产品和服务贸易在2005年里也得到了长足的发展，尤其像软件外包开发承接业务的出口，正在呈上升趋势，全年出口交易量达到22.23亿美元。四是积极开拓多元化出口市场，日本、美国仍为主要目标市场。上海中小企业全年对亚洲出口额为35.41亿美元，比上年增长17.1%；对北美洲出口23.09亿美元，增长27.8%；对欧洲出口19.47亿美元，增长28.7%；对南美洲出口2.23亿美元，增长2.7%；对大洋洲出口1.9亿美元，增长2.3%。从上述数字显示，日本、美国仍为上海中小企业的主要目标市场。

2006年，上海外贸类中小企业面临的主要问题：一是出口产品结构有待进一步优化。目前上海中小型外贸企业出口的产品多数仍集中在传统行业，以粗放型和劳动密集型为主，资源消耗依赖性大，且产品科技含量低。如：纺织服装、五金工具、家用电器、玩具钟表、家具建材和机电产品等。二是中小型外贸企业市场竞争能力脆弱。2005年，人民币升值3%，一些附加值较低的出口产品企业就难以维持生计。提高企业自主品牌，研发自主知识产权的产品是增强上海外贸型中小企业核心竞争力的关键所在。三是人、财是影响外贸型中小企业健康发展的主要因素。目前，中小企业外贸人才严重缺乏；在对外经贸活动中，由于中小企业的自身条件，往往较难获得银行的信贷支持；中小企业在获取市场动态和供求信息方面也存在着信息不对称的矛盾和没有有效的公共信息交互平台。

四、科技企业

以增强自主创新能力为保证，上海科技型中小企业保持了快速、平稳增长的态势。2005年全市科技型中小企业总数达2万余家，企业资产总额约3800亿元，销售总收入3000多亿元，完成利润约200亿元，上缴税收约160亿元。2005年全市认定的高新技术企业2303家，比2004年增加142家，新增加企业全是中小企业。据了解，在张江、嘉定、漕河泾等11个创业园区，"海归"自主创办企业已达3200余家，占全国的三分之一，注册资本达4.5亿美元。

"自主创新"使科技型中小企业在技术创新方面的特征和优势逐步凸显出来，正在迅速地改变其"小"、"弱"的状况。根据《2005上海科技进步报告》和市知识产权局的最新统计，2005年上海的专利申请总量32741件，年增长率59.9%，创历史新高，其中企业申请总量为22880件，外资、合资企业的申请量只占11%左右，本土企业的申请量占有绝对优势，科技型中小企业接近企业专利申请数的一半。 2005年，国家科技型中小企业创新基金和上海市科技型中小企业创新基金网上评审619项，比去年增加42.6%；本市推荐申报国家创新基金273项，国家立项154项，立项率达56.4%，支持总金额7761万元。申报数、立项数和支持金额均创历史新高，在全国位居前列。

2005年上海科技型中小企业发展特点：一是企业自主创新水平不断提升。2005年，全市共认定高新技术成果转化项目602项，比2004年递增5.6%；其中：科技型中小企业的项目为457项；电子信息、生物医药、新材料、先进制造四个重点领域的项目占总数的92.1%；认定项目中，拥有自主知识产权（包括已申请专利、专利授权及获得版权）的项目的比重达到89.4%，其中发明专利的项目占总数的13%，比2004年净增5个百分点。2005年属软件、创新药物、国家计划及获技术创新资金等六大类高水准项目的比例占15%，比上年增加了5个百分点。二是企业竞争意识加强。科技型中小企业的原创技术在上海高新技术产业的经济效益中占了重要一块，企业的技术和产品向"高、精、特、新"发展。在2005年上海监理的中小企业237个科技创新项目中，近九成的企业得到国家创新基金的支持。科技型中小企业在企业创新能力不断提高的同时，知识产权自我保护意识也进一步增强。在上海237项实施监理的创新项目中，2005年度获得专利的有108项，其中获发明专利授权的34项，占总量的31%。三是自筹资金能力加强。2005年度本市创新基金项目新增到位资金4.01亿元，其中：企业自筹占59%、金融机构贷款占29%，国家创新基金占11%与2004年的8%高出3个百分点。而金融机构对企业的贷款比上年增加了7个百分点，这充分说明几年来科技型中小企业自身实力的增强，使得金融机构对国家创新基金支持项目信心增强，科技企业创业融资难的现象得到改善。四是向区域性、规模性及产业链发展。科技型中小企业向区域性、规模性及产业链发展。如：浦东张江以形成"研究中心—中试孵化—规模生产"的现代生物医药产业基地，徐汇区已初步形成生物医疗技术企业235家，实现技工贸收入40多亿元；普陀区形成印刷包装城的集聚，静安区、长宁区的高档服装服饰一条街，黄浦区的旅游纪念品设计业等的设计档次得到提升，并形成了一定的规模和影响等。另外，上海交通大学、上海理工大学、上海电力学院和上海电器科学研究所等与奉贤区签订了"产学研"合作伙伴框架协议。这标志着市区联手、产学研联动打造上海先进制造业迈出重要一步。

目前，上海科技型中小企业面临的主要问题：一是科技型中小企业由于受经营管理、市场开拓、融资能力等方面能力限制，有效竞争力不足。二是支持科技型中小企业发展的力度有待增强。近年来，各级财政对众多资金本身就不足的科技型中小企业支持力度不够，在税收、科技创新贷款等方面吸引力和有效性也不强。三是新产品研发较有成效，但品牌意识不强。四是融资渠道不畅通，企业发展缺乏后劲。虽然市、区二级建立多渠道的融资担保体系，但在实际操作中还存在着问题。如：担保难、诚信问题、信息不对称等诸因素，影响了科技型中小企业更有效地发展。

第三部分

区县篇

一、浦 东 新 区

1. 发展概况

近年来,浦东新区民营经济快速成长,对新区经济发展的贡献日益凸显,已成为浦东经济的重要组成部分,在构建和谐浦东、创新浦东、国际化浦东过程中发挥了重要作用。

截至2005年底,新区私营企业27541户,注册资本888.83亿元;个体工商户34343户,注册资本3.1亿元。2005年,私营企业工业产值249.27亿元,比上年增长13.4%,占新区工业总产值的5.9%;私营企业外贸出口47.05亿美元,比上年增长62.6%,占新区外贸出口总额的12.6%,是新区外贸出口平均增速的4.2倍;私营企业社会消费品零售额为83.15亿元,比上年增长69.2%,是新区平均增速的5.2倍,占新区社会消费品零售总额的20%;新区私营企业上缴税金54.29亿元,占新区税收总收入的11.7%。

2. 主要特点

民营资本投资是新区吸引内资的主要力量。2005年民营资本在浦东的投资项目数占当年全区投资的89%;注册资本40.97亿元,占当年全区投资金额的47%。外省市民营资本主要集中在商贸业、科技咨询业、投资和房地产业等。其中,500万元以下的小企业主要集中在商业和贸易及科技咨询业,1000万元以上的大企业主要以投资性公司为主。

民营经济经营领域逐步拓宽,呈现多元化特征。新区民营经济从居民服务、商品流通和餐饮等服务性行业起步,逐步向先进制造业、房地产业、建筑业、交通运输业和文化娱乐业等领域发展,进而又向商务服务业、信息服务业、专业技术服务业和金融业等知识密集型行业进军,并积极拓展到文化、教育、卫生等社会事业的各个领域。资料显示,新区民营企业主要集中在六大行业,单位数最多的是商贸业,达10293家,占民营企业总数的36.9%;第二位是制造业7133家,占25.6%;第三位是租赁和商务服务业2909家,占10.4%;第四位是建筑业1360家,占4.9%;第五位是居民服务和其他服务业1352家,占4.8%;第六位是房地产业1256家,占4.5%。六大行业企业总数达24303家,占全部民营企业的比重高达87%。

中小企业的所有制形式更趋多样化。截至2005年底,新区国有和集体中小企业总数已分别降到80家和394家,共占新区中小企业总数的9.6%;非公有制和混合所有制中小企业已占到新区中小企业总数的69.7%;港澳台商及外商投资的中小企业数占新区中小企业总数的20.7%。

自主创新能力不断增强。2005年,浦东新区中小企业的自主创新意识和知识产权保护意识普遍提高,发明创造能力进一步增强。2005年,新增培育专利试点企业8家,区内培育专利试点企业总数达13家;新增上海市专利试点企业12家,总数达到18家。新区获2005年度上海市发明创造专利奖10项,其中发明专利奖7项,实用新型专利奖3项。在2005年市有关部门公布的422项"上海市名牌产品"中,浦东新区有50个品牌榜上有名。这些品牌涉及行业广泛,在开拓市场和繁荣经济的过程中具有重要的影响力。

民营企业促进新区就业贡献显著。新区民营企业吸纳劳动力占全市的8.9%,排名第三。经济普查资料显示,截至2004年底,新区全部企业从业人员125.03万人,其中民营企业吸纳从业人员60.2万人,占48.2%,就业贡献已经超过了国有企业、港澳台商及外商投资企业。

经营管理水平不断提高。近年来，通过运用更加科学的经营管理手段，一批资产股份化、管理科学化、技术创新化、产业规模化、融资多元化、经营国际化的中小企业逐步成长起来。相当一部分中小企业已经完成了原始资本积累，进入资本和产业扩张的"二次创业"阶段，具有较强的市场竞争力。

3. 主要措施

新区区委、区政府始终对民营经济的发展给予高度重视，在坚持"同等待遇、一视同仁"的同时，不断完善和优化民营企业的发展环境，促进民营经济快速、健康、协调发展。一是统一认识，重视机遇。根据"平等待遇、开放领域、引导产业、调整结构、创新服务"的要求，放宽市场准入，拓宽融资渠道，健全信用担保体系，鼓励发展民营经济，为各类企业创造公平、公正、公开的发展环境。二是加强调研，了解需求。区委、区政府主要领导亲自挂帅，组织经贸、统战、财政、税务、工商等部门通过座谈会、上门走访等多种形式开展专题调研；制订浦东新区进一步支持民营经济发展的政策意见；区长网上办公会与民营企业家交流探讨新区民营经济发展问题，解决实际问题；新区领导带队赴江浙考察民营经济发展，学习借鉴兄弟地区发展民营经济的经验；政府首席联络员对口联系、服务重点民营企业。三是形成合力，优化环境。在鼓励产业发展方向上，对民营经济始终坚持平等待遇，并不断加强指导服务；在政策扶持方面，新区已发布的关于现代服务业和先进制造业等财政扶持政策，坚持贯彻公平待遇，对民营经济发展一视同仁；在优化民营企业融资环境方面，新区专设中小企业发展基金，重点解决中小民营企业融资问题；在促进民营自主创新企业发展方面，民营高科技企业更是得到了科技发展资金的有力支持。

二、嘉 定 区

1. 发展概况

"十五"期间是嘉定区历史上民营经济发展的最好时期。到2005年底，嘉定区民营企业10.9万户，占全市民营企业总数的22%，居各区县首位。近年来，全区上下把发展民营经济作为新一轮经济发展的突破点和着力点，多措并举，强力推动，使民营经济得以快速发展。

2005年，全区民营企业实现工业总产值390.8亿元，比上年增长21.5%，占全区总量的29.6%，民营经济对全区经济增长的贡献率达到31.2%以上，直接拉动全区经济增长约6.3个百分点。全区新增纳税企业16989户，累计纳税企业70118户，纳税率达到64.2%，比上年净增10个百分点；上缴税收74亿元，比上年增长54%，占全区财政总收入的54%。到2005年底，全区民营企业提供各类就业岗位达97.8万人，2005年新增就业岗位3.6万余个，绝大部分由民营企业提供。

2. 主要特点

从产业结构看，民营经济已从传统劳动密集型产品生产和餐饮、零售等服务业，拓展到高科技产业、先进制造业和现代服务业，并开始进入教育、文化、卫生、体育等社会事业。从科技含量看，目前全区认定的高技术企业中，民营企业占90%以上。从城乡结构看，民营经济的迅速发展，吸引了大批农村人口和生产要素向城市和小城镇聚集，有力地推动了农业产业化、工业化和城市化进程。从区域结构看，经济比较发达的南部地区，民营经济发展势头强劲，带动了整个经济的快速增长；经济比较薄弱的北部地区，通过大力吸引民间资本，放手发展民营经济，经济增长的内生力量迅速增强，发展速度明显加快。

民营企业实力明显增强。全区先后涌现出一批资本密集、技术密集的大企业、大集团。民营企业年纳税超过100万元的有800余家，其中超过500万元的近130家，超千万元的民营企业共34家，纳税超2千万元的有13家。凯泉泵业、城运房产、大华电器等企业已进入全市百强民营企业行列。全区建立各级技术中心的企业有28家，其中国家级的1家、市级的21家。从产品结构看，拥有上海名牌25个、上海著名商标22个，凯泉牌商标被国家工商总局商标局认定为中国驰名商标，太太乐鸡精被评为中国名牌产品。

经济区实力显著增强。全区47家经济区，不断创新思路，注重品牌建设，努力增强自身经济实力，涌现了如希望、蓝天、工业区、杨柳、大众、沪嘉、徐行、绿地、沪太等一批有经济规模、有管理水平、有创新意识的著名经济区。2005年有15家经济区招商超千户，其中税收超过2亿元的有11家，超3亿元的有8家，超5亿元的有4家。

3. 主要措施

一是积极培育一批民营"小巨人"企业。重点是鼓励民营企业增加投入，提高自身创新能力，扩大资本运营规模，多元拓展业务领域等。通过实现"小巨人"计划，努力做大做强一批支撑力强的骨干企业。二是规范运作，大力促进招商载体健康发展，进一步强化了经济小区的服务和管理平台功能，发挥经济小区的产业集聚效应，优化其产业结构，努力形成一业特强、错位竞争、优势互补、各具特色、协调发展的新格局。三是整合资源，构建多层次的社会服务体系。充分发挥工商联、商会、中小企业服务中心、经济小区协会等机构的作用，构建起多层次、多类型的民营经济的社会服务机构体系。

　　成立了嘉定区私营经济管理办公室。主要负责：审核私营经济小区的布局；加强对私营经济小区及私营企业的管理、协调、指导和服务；负责与私营经济发展相关职能部门的沟通和联系，做好有关行政审批手续的协调和服务；研究私营经济发展中的问题和瓶颈并帮助协调解决。嘉定区中小企业服务中心于2003年挂牌成立，现与私营经济管理办公室合署办公。其主要职责是：建立和完善政府与企业之间沟通的网络渠道；与政府部门、协会社团双向传递企业动态信息；为工商企业提供咨询、协调、信息、中介、担保、创业和培训等各类服务；受理工商企业有关行政许可审批的咨询、投诉；建立开放的可共享的信息资料库和服务信息网。

三、松 江 区

1. 发展概况

2005年，松江区深入实施"科教兴区"战略，按照"发展优势产业，改造提升均势产业，限制调整劣势产业"发展战略，促进中小企业全面发展。2005年，松江区实现生产总值456.38亿元，按可比价格计算，比上年增长29.1%，占全市的比重为5%，比上年提高0.7个百分点。其中：第一产业实现增加值7.3亿元，下降10.8%；第二产业实现增加值324.7亿元，增长30.3%，对全区生产总值增长的贡献率为73.9%；第三产业实现增加值124.38亿元，增长29.2%，对全区生产总值增长的贡献率为26.5%，形成了第二、第三产业共同推动经济增长的格局。三大产业增加值的结构比重为1.6∶71.1∶27.3，第二产业的比重比上年上升了0.9百分点，其核心作用进一步凸显。民营经济对GDP贡献较大的行业为：通用设备制造业、电气机械及器材制造业、金属制品业、非金属矿物制品业、交通运输设备制造业、房地产业和批发与零售业。

2005年全区共有民营企业61338户，其中私营企业48825户（科技型企业2606户，实体型企业7304户），个体经济单位12513户。实现销售收入1180.5亿元，比上年增长34.3%，通过经济小区的民营企业出口创汇1.5亿元，比上年增长66.7%；实现税收53.33亿元，比上年净增17.6亿元，增长49.3%，占全区总税收比重达46.2%。民营企业占区域GDP的比重为20.8%，比上年增长25.1%。

2. 主要特点

"一业特强，多业发展"的产业格局基本形成。2005年，五大主导产业共实现产值1446亿元，占全区工业产值的67.9%，同比提高3.7个百分点。其中，电子信息产业实现产值1194.9亿元，占工业总产值的56.09%。形成了以电子信息业为龙头，现代装备业、精细化工业、新材料以及生物医药等五大主导产业并肩发展的产业格局。

多种所有制共同推动经济发展。2005年，全区共有工业企业4950户，完成工业总产值2130.27亿元，其中：国有、集体企业16.18亿元，占0.7%；外商及港澳台企业1774.22亿元，占83.3%；民营企业339.87亿元，占16%。工业经济运行质量进一步提高，2005年工业企业产品销售率达96.4%；实现利润62.1亿元，比上年增长24.2%。民营企业完成税收53.33亿元，同比增长49.3%，占全区税收收入的比重为46.2%。

高新技术产业快速发展。2005年，松江区共有高新技术企业217户，完成产值1261亿元，比上年增加40.7%，占全区工业总产值约60%；完成销售收入1272亿元，占全区工业销售收入的62.8%；实现利润21.3亿元，占全区工业利润的35.1%；完成出口拨交值1023亿元，占全区工业出口拨交值约78.7%。科技投入不断增加，重点工业企业和科技型企业的技术开发投入率达3.5%，比上年提高0.1个百分点，技术进步对工业经济增长的贡献率达56.5%，比上年增长0.5个百分点。企业技术中心创建势头良好，已创建市级企业技术中心7户、区级企业技术中心13户。专利申请数逐年增加，2005年共申请专利1113项，比2004年增加了185项。民营企业中被确定为上海市专利试点企业的有9家，被确定为上海市培育专利试点企业的有14家。企业创新体系逐步完善，品牌意识不断增强。目前，松江区民营企业中拥有上海市著名商标的企业11家、中国免检产品的企业1家、获上海市名牌产品的企业10家。为了更好地支持企业加强品牌建设，形成一批知名品牌，松江区已出台培育引进品牌企业的相关政策，支持企业增强品牌意识，提高自主创新能力。

3. 主要措施

一是建立和健全协调机制。成立了区民营经济发展领导小组，由区委副书记担任领导小组组长，区政府分管副区长担任副组长，18个部、委、办、局的主要负责人担任成员。二是建立和健全激励机制。制定了一系列鼓励、支持和引导民营企业发展的政策措施，并实行"四个倾斜"，即向贡献大的企业倾斜，向符合产业导向、消耗资源少的企业倾斜，向工业骨干型企业倾斜，向规模型、科技型、现代服务型企业倾斜，集中扶优扶强，起到了导向作用。三是建立和健全服务机制。按照政府职能"强化、弱化、转化"的要求，不断延伸服务内容，增强服务功能，提升服务水平，先后构建四大服务平台，即市场准入"一门式"受理平台、中介市场服务平台、信息网络平台和分布在市区的综合性服务平台。

四、青浦区

1．发展概况

至2005年底，全区共有民营企业61128户，注册资本累计达685.9亿元，户均注册资本112.21万元；实现税收58.4亿元，比上年增长39.06％，高于全区税收增幅9.5个百分点。全区民营工业企业7791户，完成销售产值275.38亿元，出口交货值17.22亿元，实现利税26.43亿元。其中，民营工业企业中规模以上的工业企业452家，占民营工业户数的5.8％，完成销售产值148.06亿元，占民营工业销售产值53.77％；出口交货值17.22亿元；实现工业增加值34.73亿元。

2005年全区规模以上的民营企业GDP为34.73亿元，其中排列前8位行业的GDP为24.88亿元，占71.64％。分别为电气机械及器材制造业5.86亿元、纺织业5.01亿元、通用设备制造业4.44亿元、金属制品业2.85亿元、纺织服装及鞋帽制造业1.91亿元、化学原料及化学制造业1.76亿元、交通运输业设备制造业1.54亿元、塑料制品业1.52亿元。

全区规模以上企业较为集聚的8个行业企业数为320户，占71％。分别为通用设备制造业、纺织业和金属制品业各为49户，电气及器材制造业40户，纺织服装、鞋帽制造业和塑料制品业各为35户、交通运输设备制造业为28户。

2005年，青浦区专利申请量为1291件，其中民营企业申请专利857件，占总数的66％。青浦区有11家市专利试点企业，其中民营企业8家；有7家市培育专利试点企业，其中民营企业5家；有27家区培育专利试点企业，其中民营企业17家。到2005年底，全区民营企业获上海市著名商标10个、名牌产品10个。

2．主要特点

一是主要指标高位增长。主要包括新增民营企业数、实现税收额等，都比上年有较大增长。二是规模型企业显著增加。新开办企业中，注册资本超过500万元的企业有179户，比去年同期增加35.6％。另外，注册资本超过1000万元的企业有50家，5000万元以上的企业有5家，1亿元以上的有3家。三是属地型企业快速发展。新发展属地型企业2019家，比去年同期增加9.3％。目前全区共有属地型企业9841家，其中制造业占50.81％，商贸型占13.8％，社会服务型占12.29％。四是服务业继续增长。新设立服务性企业4359家，其中广告、中介服务、计算机信息技术服务、会展、旅游、体育休闲及汽车租赁等服务业的企业计3972家，比去年同期增加10.2％，为地方财力作出了积极贡献。五是发展质量有明显提高。2005年的招商质量有了明显的提高，具体表现在户数增幅8个百分点，而税收增幅将近40％。

青浦区已起草了《上海市青浦区人民政府关于鼓励支持民营实业型、科技型、规模型工业企业的试行意见》，正在进入发文程序。

五、奉贤区

1．发展概况

2005 年，奉贤区深入实施"科教兴区"主战略，加快推进"三个集中"和"新一轮三年行动计划"的目标，民营经济和中小企业保持持续、快速、健康发展。

在全区 56.5 亿元税收中，非公经济占了 87.6%，其中私营企业上交的税收为 31.97 亿元，比上年增长 33.8%，占全区税收的比重达 56.6%；私营经济工业企业产值 294.90 亿元，比上年增长 78.9%，占全区工业产值比重达 41.71%，拉动全区工业增长 25.11 个百分点。在全区社会消费品零售额 100.23 亿元中，私营经济零售额达 53.78 亿元，占全区零售额的 53.3%，比上年增长 16.3%。

2．主要特点

工业主要行业呈现全面增长态势。按增幅排列居前三位的分别是电器、服装和汽配，分别增长 56.7%、53.5% 和 41.3%，保持 20% 以上增长的行业还有食品 41.1%、化工 34%、橡塑 31.8%、医药 30.9%、机械 29%、物流装备 28%、金属 24.9% 等 7 个行业；行业中规模企业户数超过 100 户的有机械、金属、电器和服装，各占规模企业总户数的 17.6%、13.5%、10.4% 和 9%；行业中工业生产占规模产值总量 10% 以上的行业有电器、机械和信息，分别占 13.3%、13.2% 和 11.1%。特色产业输配电到年末有 58 家规模企业，累计产值 32.9 亿元，同比增幅为 42.8%，占规模企业产值总量的 8%。

技术创新取得新进展。2005 年专利申请量超过 500 件，2 家企业技术中心被批准为上海市企业技术中心；3 家企业技术中心被评定为区级企业技术中心；有 8 家企业的 8 项专利新产品被认定为上海市专利新产品；2004 年度获得 1 个中国驰名商标、4 个上海市著名商标、2 个中国名牌产品、3 个上海市名牌产品；2005 年度有 18 家企业的产品分别被认定为上海市名牌产品，包括上海市著名商标，1 家企业的产品被评为中国名牌产品。

3．主要措施

一是始终把招商引资作为一切经济工作的"重中之重"。二是始终坚持"扶大扶优"、培育"小巨人"的方针。三是始终坚持为企业服务，特别是为重点企业服务的工作宗旨。为更好地贯彻落实国务院和上海市关于鼓励支持和引导非公有制经济发展的政策意见，奉贤区政府制定了《鼓励支持和引导非公有制经济发展的实施意见》，主要包括：实行平等政策和扶持重点政策，鼓励非公有资本参与社会经济和事业投资（基础设施和市政公用事业、教育事业、文化体育产业、医疗卫生事业、现代服务业、国企改革等）；鼓励非公有制科技型企业发展，推动科技创新；鼓励公众创业，拓展就业新渠道；加大对非公有制企业的金融支持力度；改进和加强对非公有制经济的监管和服务等。

六、闵 行 区

1．发展概况

随着综合环境的不断改善和优化,闵行区中小企业显示出巨大的发展潜力,已经渗透到各个领域,如:餐饮、贸易、钢铁、房地产、高科技、信息咨询、科技研发、物流仓储、城建环保、文教医疗等。2005 年,本区民营企业总数 27363 户,实现营业收入 727.87 亿元,其中私营工业企业实现产值 279.5 亿元;2005 年全区民营企业实现税收 47.98 亿元。

2005 年全区共引进民营企业 9200 多户,同比增长 165.8%;吸纳注册资金 166 亿元,比上年增长 102%。至 2005 年末,个体经营户总数达 27709 户,个体经营户实现税收 33968 万元,比上年增长 1.7 倍。

2．主要特点

工业经济快速发展,行业结构趋于合理。2005 年,闵行区中小企业完成属地工业企业总量中的 72%,工业总产值全年完成 1508.8 亿元,比上年增长 45.5%;工业增加值全年完成 225.8 亿元,比上年增长 29.3%;工业产品销售率达 98.8%。工业产业发展集聚效应明显,民营经济产值贡献较大的行业排序:一是金属制品业 269 户;二是通用设备制造业 268 户;三是纺织服装鞋帽制造业 214 户。

商业经济在高位基础上继续保持快速增长。全年商品销售总额达 414 亿元,比上年增长 24%;社会消费品零售总额达 163 亿元,比上年增长 13%。商业业态结构趋于优化。区级商业中心经营模式开始从外延扩展型向内涵提高型转变,引进了一批知名百货公司和专业专营专卖品牌企业;连锁业在竞争中更趋成熟,网点资源加速向著名企业集中;餐饮娱乐休闲业保持快速增长势头;商品交易市场逐步向商业街、专业街转化;社区商业建设不断加快,一批商业设施得到改善,居民购物环境进一步优化。商业活力不断增强。新增大型超市、大型百货、商务楼、社区商业中心等商业面积约 32 万平方米,商业投资约 12.65 亿元。

科技型中小企业日渐成为实施“科教兴区”的生力军。申报民营企业科教兴市产业升级导向资金项目 8 个,全年技改项目立项 18 项,计划总投资 5.6 亿元。2005 年新增高新技术民营科技企业 33 家,累计达到 163 家。高新技术产业实现工业总产值 550 亿元,比上年增长 67.5%;实现利润 12 亿元,比上年增长 11.6%。全市民营科技企业百强企业排名中,闵行区有 25 家,占四分之一,已连续三年居全市第一。

3．主要措施

2005 年,闵行区认真贯彻中央、市政府有关促进民营经济发展的政策,放手发展民营经济,努力优化发展环境,有效地促进了民营经济发展。一是加强行政推动,形成上下合力。切实把发展民营经济摆上重要位置,切实把发展民营经济列入考核内容;制定扶持政策,优化发展环境。二是加强协调服务,解决瓶颈问题。主要包括优化办证办照服务、健全招商组织机构、完善融资担保服务等。三是加强载体建设,搭建招商平台。在完善经济小区建设的同时,加强招商服务平台建设。

七、南 汇 区

1. 发展概况

2005年全区民营经济依托"两港"优势，呈现出健康、快速的良好发展势头。至2005年底，民营经济对全区生产总值的贡献率达到47.7%，其中民营工业企业实现生产总值57.0亿元，比上年增长37.4%；民营建筑业实现生产总值18.0亿元，民营第三产业实现生产总值41.5亿元。按GDP贡献大小各行业排序为：通用、专用、交通运输设备制造业，石油化工及化学医药橡胶塑料制品业，电子电器产业，纺织品及各类服装制品业，造纸及印刷文教体育用品制造业，非金属矿物制品业，金属制品业，金属冶炼及压延加工业，农副食品加工及食品制造业，木材加工及家具制造业等。

南汇区的电子电器产业占规模以上工业总产值15.4%、都市产业占21.2%、汽车零部件的制造和加工业占11.6%、精细化工业占6%、新型建材包括新型墙体材料占8%。医药制造业发展较快，其工业总产值比上年增长57.8%。房地产业发展迅猛，其生产总值比上年增长30.4%。

2005年，南汇区中小企业保持了平稳、健康的发展态势。至2005年底，南汇区中小企业实现生产增加值252亿元，占南汇生产增加值的91.6%，比上年增长18.1%。中小企业主要分布于电子电器产业，通用、专用、交通运输设备制造产业和医药制造业。

2. 主要特点

中小企业经济比重明显提高。2005年本区中小企业仍以内资为主，外资为辅。其中，内资企业实现工业总产值255.06亿元，比上年增长13.6%，港澳台商投资企业及外商投资企业实现工业总产值236.00亿元，比上年增长22.6%。与2004年相比，私营企业、港澳台商企业及外商投资企业数分别增长37.3%、20.3%和25.0%，国有企业、集体企业则出现了下降情况，分别下降14.9%、37.8%。

第三产业作用日益彰显。第一产业中小企业实现的生产总值呈下降趋势，而第二、第三产业的生产总值同上年相比，均呈增长趋势，但第一、第二产业中小企业生产总值所占百分比与上年相比有所下降，第三产业中小企业生产总值所占百分比上升。

外向经济规模继续扩大。2005年，虽然面临全球贸易摩擦、纺织品出口政策调整、人民币升值压力加大等诸多困难，但外贸出口继续增长，全年创汇12.27亿美元，比上年增长36.9%，呈现出一般贸易和加工贸易发展齐头并进、外贸公司出口创汇急速增长的态势。其中民营企业的外贸出口增速明显，自营进出口部分比上年增长了42.4%。

民营企业已经成为吸纳就业的主力军。2005年民营企业新增就业岗位35343个，比上年增长39%。新增民营企业1321家，比上年增长了1.47倍。

3. 主要措施

一是由区政府牵头，并拨出专项资金，扶持企业建立了5家区级企业技术研发中心，围绕技术创新和自主品牌的开发，对企业原有技术进行改造，以鼓励和支持民营企业的产业升级。二是继续发展"一业特强"产业，扶持特色行业发展和特色产品的生产。三是加快了对区属国有、集体企业的产权制度改革，让更多的国有企业加快战略调整步伐，退出竞争性领域，使民营企业有更多的机会参与竞争，更体现了公平、公开、公正的市场竞争原则。四是在招商引资过程中加大了对民营企业服务的力度，建立了项目评审制度和项目联席会议制度，项目准入机制更加完善。五是以节约利用土地资源和提高土地综合利用效率为核心，整合淘汰劣势企业，既盘活存量，也使工业结构和布局更趋合理。

八、宝山区

1. 发展概况

2005 年，宝山区民营经济呈现良好的发展势头。到 2005 年底，全区有私营企业 23732 家，比上年减少 4.3%；注册资本 383.76 亿元，实现增加值 145.5 亿元，比上年增长 24.9%；占全区增加值比重由上年的 43.8% 上升到 45.2%。全区非公有经济实现税收 53.04 亿元，占税收总收入的 71%；个体工商户实现税收 1.4 亿元，占 2.6%。

至 2005 年底，宝山区中小企业总数为 29926 户，比上年增长 17.4%；营业总收入 2386.24 亿元，比上年增长 14.8%。其中企业工业 6553 家，占 21.90%；建筑业 1495 家，占 5.00%；交通运输仓储邮电通信业 1773 家，占 5.92%；批发零售业 12196 家，占 40.75%；住宿餐饮业 531 家，占 1.77%；金融业 18 家，占 0.06%；房地产业 483 家，占 1.61%；信息传输、计算机服务业 322 家，占 1.08%；其他 6432 家，占 21.49%。

区内重点行业是集装箱设计制造、精品钢延伸、汽车零配件、现代物流等。精品钢延伸产业是宝山区三大支柱产业之一，全区冶金延伸业实现销售产值 211.23 亿元，比上年增长 24.6%，占全区比重 38.3%，其中集装箱制造业实现产值 51.78 亿元。

2. 主要特点

综合经济实力显著增强。全区实现增加值 321.9 亿元，按可比价计算比上年增长 20.1%，是"九五"期末的 2.7 倍；实现区地方财政收入 63.6 亿元，比上年增长 40.6%，是"九五"期末的 3.9 倍。同时，招商引资力度进一步加大。成功举办"第二期长江口民营经济论坛"，建立了区民营企业发展专项资金，并且开通了"上海宝山投资网"，使民营企业得到了更加便利、优质、全方位的服务，促进民营经济快速、健康发展。

产业结构进一步优化调整。全区第一产业实现增加值 2.1 亿元，比上年下降 17.5%；第二产业实现增加值 153.5 亿元，比上年增长 20.3%；第三产业实现增加值 166.3 亿元，比上年增长 20.6%。三次产业结构比为 0.6：47.7：51.7。各产业比重与 2004 年相比，第一产业降低 0.5 个百分点；第二产业降低 0.9 个百分点；第三产业提高 1.4 个百分点。经济运行质量和效益进一步提高。

批发零售业、房地产业和交通运输仓储邮政业是拉动经济增长的主要行业。2005 年，实现批发零售业增加值 37.0 亿元，可比增长 18.5%。汽车、家用电器、通信设备和建筑装饰材料等商品的需求活跃，全区消费品市场快速发展，商业布局得到了进一步调整优化。全年实现房地产业增加值 30.0 亿元，可比增长 26.1%，房地产业的增加值占全区增加值的比重达到 9.3%，房地产开发投资增长较快。批发零售业、房地产业和仓储业共同成为推动第三产业发展的主要力量。

根据"精钢宝山"的新功能定位，世界级精品钢制造及物流等产业集聚辐射区建设正在扎实推进，具有宝山特色的生产性服务业的发展格局进一步巩固。围绕精品钢延伸业、集装箱设计制造业、现代物流业、船舶配套业等特色产业，依托宝钢、中船等大企业、大集团的业务需求，大力发展相关生产性配套服务业，在钢铁、船舶的研发、贸易发展、物流配送等方面形成宝山独特的竞争优势。国际钢铁物流总部基地、不锈钢配送中心和船用板配送中心等三个重大项目已经启动。

工业园区开发建设加快。到 2005 年末，"1+5"工业园区投产工业企业 314 家，实现工业销售产值198.8亿元，比上年增长24.8％，园区集中度比上年提高2.3个百分点，工业向园区集中效应进一步显现。

3. 主要措施

一是加强对非公有制经济的领导，建立有效、长效的管理工作机制。二是加快完善为非公有制经济服务的各类中介服务机构和服务平台的建设，建立专门的服务平台，帮助民营企业解决企业发展过程中面临的各类实际问题，提升企业发展的能力和素质。三是积极探索形成多渠道多层次的适合民营企业发展的市场化融资机构。扩大金融服务领域范围，改进信贷考核和奖励办法，提高对非公有制企业的贷款比重，提供有效的金融产品和服务。

九、崇 明 县

1. 发展概况

2005年，崇明县抓住战略机遇期，积极调整产业结构，扶持特色产业发展，鼓励科技创新，三次产业协调发展，经济总量健康稳定增长，使民营企业及中小企业取得了较大发展。

到2005年底，崇明全县民营企业实现产值42.4亿元，比上年增长6.8%；出口总额2468万美元，比上年增长68.4%；实现利润1.5亿元，上交税收1.4亿元。民营企业完成增加值10亿元，占全县增加值的比重为10.4%，比上年提高0.3%。

以"生态崇明"为目标，全县重点发展生态休闲旅游业，大力发展绿色、无公害有机农业，开发绿色无污染产品，河蟹、特色蔬菜、果林等主导产品生产规模不断扩大，一批农业企业和农产品加工企业得到快速发展。全县注重扶持重点及优势行业，工业经济呈现逐月加速增加态势，已初步形成金属制品、电气机械、纺织服装、船舶修造、生物医药、轻工化工、食品、建材等较为齐全的工业门类。民营经济GDP贡献较大的行业是黑色金属压延加工业，实现产值12.5亿元；金属制品业实现产值8.3亿元，比上年增长32%，并有稳步上升趋势；纺织业实现产值7.9亿元。民营经济集聚行业企业最多的是纺织业120家，其次是金属制品业91家。

至2005年底，全县民营企业中有160家企业进行了ISO9000、ISO1400和国外UL、VDE认证。

2. 主要特点

特色产业迅速发展。2005年，崇明县特色产业的骨干企业不断壮大，品牌优势突出，企业技改投入加大，发展后劲增强。日用不锈钢制品及商业设备产业是崇明县的"特色产业"，2005年发展迅速。

私营个体经济迅猛发展。至2004年底，崇明私营企业6249家，个体户12173家，投资人13652人，私营企业吸纳就业69262人，有98388人从事个体私营经济生产经营。按照崇明县户均2.6人比率推算，全县依靠个、私经济生活的人群25万人左右，占地方总人口的38.5%。

3. 主要措施

一是成立了崇明县私营企业贷款担保协会，解决私营企业流动资金贷款要寻担保单位的难题，到2005年底，协会共为企业贷款担保57笔，贷款担保金额1508万元。二是制定了《崇明县扶持工业企业发展暂行办法》，县政府拿出近千万元对企业技术改造、技术创新、争创品牌和拓展市场方面给予企业奖励。

十、徐 汇 区

1. 发展概况

到 2005 年底，本区民营企业数为 12193 家（含分支机构 4320 家），比上年增长 9.5%；注册资本 1328714 万元，比上年增长 22.4%；雇工人数 66928 人，比上年增长 31.5%。个体工商业 11539 户，从业人员 13016 人，与上年基本持平；注册资金 21079 万元，比上年增长 6.9%。据不完全统计，私营企业 2005 年完成销售额 50.86 亿元，同比增长 30.9%；个体工商业 2005 年完成销售额 18.85 亿元，同比增长 36.1%。私营企业分布在批发和零售业、租赁和商务服务业、居民服务和其他服务业、住宿和餐饮业、房地产业、制造业、文化、体育和娱乐业、建筑业、信息传输及计算机服务及软件业等 9 个行业的共有 6619 家，占区内私营企业总户数的 84.1%，共有注册资本 1106891 万元，占区内私营企业注册资本总数的 83.3%。个体工商业分布在批发和零售业、居民服务和其他服务业、住宿和餐饮业、交通运输及仓储和邮政业的共有 11282 家，占区内个体工商业总户数的 97.8%，共有注册资本 20571 万元，占区内私营企业注册资本总数的 97.6%。

2005 年，徐汇区有 3 家企业获市民营企业科教兴市产业升级导向资金，2 家企业获得中小企业发展专项资金，1 家企业获得国家发改委 2005 年现代农业等高技术产业化专项资金。同时，新建 1 个市级企业技术中心、2 个区级企业技术中心。

2. 主要特点

2005 年，徐汇区不断优化商贸经济发展环境，积极完善业态布局和功能拓展，大力推进商业增长方式的内涵式转型，完成商业增加值 26.23 亿元，占徐汇区地区增加值的 15.86%；实现社会消费品零售总额 160.18 亿元（区属口径），比上年增长 11.89%；完成税收 17.93 亿元，比上年增长 4.35%。2005 年本区商贸经济呈现以下几个特点：一是百货企业注重效益。虽然全区销售增幅出现滞缓，并逐步进入增长平稳期，但企业效益看好，利润平均增幅达 15% 以上，形成了毛利率增幅大于销售额增幅、税前利润增幅大于成本增长，积极实现内涵式的增长。二是超市卖场处于盘整期。全区卖场超市年度实现社零总额 37.89 亿元，比上年同期增长 13.04%，各大超市销售同比增幅有升有降。三是电子数码实力依旧，年度累计实现销售达 17.4 亿元，比上年增长 18%，保持强劲的上升态势，稳住了半壁江山。四是文化餐饮增势迅猛。全区餐饮企业累计实现零售额 14.64 亿元，比上年增长 36.38%，高于全市 10 个百分点。

现代服务业快速增长，全区实现营业收入 340.12 亿元，比上年增长 16.44%。其中，信息传输、计算机服务和软件业实现营业收入 50.34 亿元，比上年增长 11.13%；金融业 59.27 亿元，比上年增长 17.60%；商务服务业 161.84 亿元，比上年增长 13.48%；科学研究和技术服务业 68.67 亿元，比上年增长 16.35%。构成现代服务业四大行业的营业收入分别占现代服务业总营业收入的 14.80%、17.43%、47.58% 和 20.19%。

产业结构得到新优化，2005 年本区高新技术产业完成工业总产值 419.79 亿元，比上年增长 2.5%，占区工业生产总值的比重达到 65.2%，比上年提高 1.2 个百分点，高于全市平均水平 36 个百分点。其中，电子信息产业产值比上年增长 2.50%，生物医药产业产值比上年增长 16.3%。

产业园区建设卓有成效。区内的漕河泾新兴技术开发区是国家级经济技术开发区、高新技术产业开发区和出口加工区。2005年开发区共实现销售收入910亿元，比上年增长45%；工业总产值827亿元，比上年增长47%；出口总额突破80亿美元，比上年增长45%。目前，开发区已形成信息、生物医药、新材料、航天航空四大主导产业。建立于20世纪90年代末的徐汇软件园，建园不到10年，已孵化出200多家以软件开发为主的科技型中小企业，如携程网在软件园中孵化、成长、壮大，最后到纳斯达克上市，成为国内最大的在线旅游服务企业。

十一、黄浦区

1. 发展概况

2005年，黄浦区坚持以完善区域功能、提升产业能级为目标，在"集聚发展现代服务业，联动发展商旅文产业，巩固发展房地产业"的战略指导下，五大产业稳步增长，产业能级不断提升。2005年，五大产业实现增加值95.49亿元，比上年增长11.74%，占全区增加值总量的86.4%。完成区级税收25.57亿元，比上年增长16.6%，占区级财政收入的66.1%。

截至2005年底，全区民营科技企业达805家，其中，上海市高新技术企业56家。全年共有18个民营科技企业申报国家创新基金、上海市创新基金，其中3个项目获得国家创新基金，无偿资助195万元；5个项目获得上海市创新基金无偿资助。组织国家及上海市产业化项目6项，获得资助资金305万元。全年共获得国家和市科技项目支持达530万元，上海市高新技术成果转化项目12项；区级三项计划立项48项。全区共登记科技成果24项，其中，获上海市科技进步奖三等奖1项。完成技术合同认定979项，成交金额3.68亿元。全年专利申请799件。

2. 主要特点

就业增幅明显，税收贡献加大。目前，黄浦区民营经济新增就业岗位在中心城区中排名前列；税收呈贡献逐年加大趋势。

创新潜能颇强，发展活力充分。黄浦区民营企业在做大做强传统企业的同时，正逐步加大涉足附加值较高的现代服务业和技术含量较高的现代都市制造业，其综合实力和竞争力逐步增强。民营企业所从事的租赁和商务服务业及高附加值的信息传输、计算机服务和软件业具有很强的创新潜能和发展活力，逐步成为凭借区位优势谋求持续快速发展的主体。

行业分布较广。主要集中于批发、零售业，租赁、商务服务业，交通运输、仓储业，信息服务业，中介咨询等劳动密集、技术含量低的竞争性较强的领域。

3. 主要措施

一是进一步放宽市场准入，使民营企业享有其他企业同等投资的机会。二是规范和服务相结合，引导民营企业向现代服务业、物流业和科技产业方向发展。三是从宏观和微观经济政策调整来促进就业，通过降低税费，提供优惠贷款等政策，大力发展公共服务、劳动密集、便民利民等吸纳就业岗位多的非公经济"小企业"。四是适当改变贷款程序，加快对非公经济企业的贷款力度。五是以协会为载体，开展对非公经济企业信息服务与政策指导，提高非公经济小企业和其他劳动组织遵守法律、法规的自觉性和企业管理水平。六是鼓励科技人员大力创办民营科技企业，借助民营机制发展高新技术产业。

十二、卢湾区

1. 发展概况

"十五"期间，全区新增民营企业注册资金35.6亿元，其中，新增民营科技企业注册资金11.22亿元。非公经济比重已达到70%。

2. 主要特点

创意产业产生集聚效应。2005年，8号桥创意产业园区完善各项功能，提升管理和服务档次，进一步规范园区产业引进工作，并做好二期扩建的筹备工作。卓维700创意产业园区（原上海织袜二厂）做好创建工作。2005年4月，8号桥、卓维700和田子坊被上海市经委命名为上海市创意产业集聚区。2005年12月，卢湾区被市委宣传部、市经委联合授予"推进上海创意产业发展示范区"称号。卢湾区3个创意产业园区已经集中入驻了一批在国内外具有一定影响力的设计、咨询策划、广告和影视制作公司等头脑型企业，取得了初步的集聚效应。2005年12月，上海创意之窗正式开启，并成功举办了首期创意作品展。上海创意之窗旨在整合创意产业资源，体现区域创意产业集聚效应，展示创意产业成果，构建创意产业平台，推进创意产业发展。

都市型工业（产业）楼宇产业结构加快调整。2005年，都市型工业楼宇产业结构加快调整。至2005年底，楼宇的230家企业中，以设计、研发、咨询和影视制作等类型的企业达到94家，占入驻企业总数的41%，比2004年增长了16%。在230家企业中，民营企业占到非公企业占80%以上，就业人数2500名以上，其中白领员工占总人数的60%以上。

"一业特强"内衣产业得到扶持。在产业部门和上海市内衣行业协会的指导和帮助下，内衣行业积极应对有关国家的非关税贸易壁垒问题，并得到了专项扶持资金的支持。下半年，古今内衣有限公司等6家企业得到了348.68万元的"一业特强"专项扶持资金。2005年，内衣企业完成销售产值比上年增长14.3%。

十三、杨浦区

1. 发展概况

近年来，杨浦区政府紧紧围绕"打造知识杨浦创新区"的战略目标，不断加大促进中小企业发展的工作力度，谋划区域经济发展，调整优化产业结构，转变政府职能，构筑服务平台，完善相关措施，发挥区位优势，突出"一业特强"，促进全区企业健康、快速发展。

至2005年底，杨浦区有民营企业14307户，注册资本总额197亿元。其中，民营企业出口26家，2005年出口额为1.45亿美元，同比增长9.78%。

2005年，区域内企业各项经济指标再创新高。全年完成工业总产值83亿元，同比增长10%；完成工业产品销售产值82亿元，同比增长10%；工业产品销售率达到98%；完成工业利润4.94亿元，同比增长10.5%。全年完成社会消费品零售总额122.5亿元，同比增长10.08%；全区旅行社总营业收入3.8亿元，同比增长56%；旅游星级宾馆总营业收入2.0亿元，同比增长19%。

2. 主要特点

企业核心竞争力增强。杨浦区中小科技企业量大质优。2005年这批企业克服资金短缺等不利因素，按照国家、地方产业导向，积极增加研发投入，努力开发新产品，加快实施技术改造。如：大亚科技有限公司、申健包装装潢厂、光明针织厂等企业实施了一批当年投资、当年投产的"短平快"项目，增强了企业发展后劲。为加快产业升级，杨浦区民营企业积极申报上海"民营企业科教兴市产业升级导向资金"，上报项目5项，总投资1.2亿元，贷款规模8000万元。全年共上报"上海市引进技术吸收与创新项目"7项，项目达到国际先进水平，其核心技术都具有自主知识产权。

家纺产业形成集群。家纺产业是杨浦区特强产业，区域内已形成企业集群。新引进"一业特强"家用纺织品企业29户，企业总数累计达到130户，同比增长30%。2005年完成家用纺织品销售收入40亿元，同比增长15.6%。上海国际家用纺织品产业园一期工程于2005年7月正式破土动工；上海现代纺织科技工业园总投资900万元的一期工程顺利竣工，新增建筑面积5000平方米。

3. 主要措施

为推进本区民营经济的发展，提升区域经济实力，一是制定了《关于进一步支持本区私营经济发展的意见》、《加快非公经济发展 优化区域服务环境》等扶持政策。二是积极推进"一业特强"，积极引进国内外家纺知名品牌及著名家纺设计师入驻家纺产业园。三是加强对都市型产业园的指导，推进都市型产业发展。调整70余家有污染源、危险隐患或不符合园区产业发展方向的企业，逐步形成3~5个示范园区。四是以推进现代服务业集聚区建设为载体，加快服务经济发展。推进江湾—五角场商业商务区、大连路现代服务业集聚区等建设，完善创意产业园区建设与规划。五是加快重大项目建设，不断促进商业发展，如抓住CEFA契机，建设控江路沪港商贸服务产业带，坚持品牌战略，引进连锁商业。六是鼓励技术创新，加快技术进步。进一步推进企业技术中心建设，重点扶持10项新产品和技术改造项目。

十四、闸 北 区

1. 发展概况

近年来闸北区民营经济保持了持续增长、健康发展的好势头。至 2005 年底，全区已有私营企业 6163 户，比上年增加了 1714 户；税收 5.02 亿元，比上年增长 63.52%。私营企业注册资本年均增长率达 265%，私营企业户数年均增长率达 107%。

全区的私营企业中 90.56% 从事第三产业，第二产业占 9.41%，从事第一产业的仅 2 户。民营企业向交通服务业、商贸服务业、房地产业、都市型工业等四大支柱产业领域集聚区发展，涌现出上海云海实业股份有限公司、上海新世纪芷新运输有限公司，贝电实业、德律风根、凯泉泵业等一批知名的民营企业，以及"云都"、"昌华"、"望源"、"中业"、"宝名"等著名或知名品牌。

2. 主要特点

加快园区建设。至 2005 年底，闸北区都市型工业园区共建成 25 家园区，园内入驻企业 655 家，从业人员 10452 人。园区内主要以中小生产企业和商务办公企业为主。2005 年，区内 25 家工业园区共实现属地工业总产值 6.29 亿元，同比增长 14%。税收总额 1.47 亿元，同比增长 40%，其中区级税收达到 8403 万元，同比增长 62%。都市工业在经济总量、技术能级、经济效益、社会效益等方面已有长足进步，基本形成以重点产业基地、都市型产业园（楼宇）为载体，以通用设备制造业、电气机械及器材制造业、电子通信业、印刷业为代表的新型都市工业体系。工业咨询、现代物流、工业信息服务、工程装备配套服务等生产性服务业成长喜人。

一业特强印刷业大力发展。2005 年，闸北区积极扶持中小印刷企业，建立印前技术公共服务平台，在推动广大中小印刷企业设计制作、数字印刷和运营服务网络化等方面具有重要作用。已按计划落实了关键设备的引进和调试，初步建立了印刷设计信息平台《中国设计网》CTP 技术推广和应用、MAC 印刷设计系统技术平台，基本达到了项目信息平台和技术平台功能建设要求。中小印刷企业免费参加了具有国际先进水平的 CTP 印前技术应用培训，30 余家中小印刷企业加强了对相关知识的了解，部分企业引进 CTP 应用，提升了印刷技术能级。印刷媒体园完成 5.6 万平方米的建设任务，引进 60 多户印刷及相关企业，2005 年正式启动创意车间建设。

创意产业初步发展。创意仓库和两个原创大师工作室落户闸北，创意产业初露端倪。上海韩秉华视觉艺术/印刷装帧原创设计工作室和上海工艺美术陶瓷原创设计工作室是上海市经济委员会首批 11 家"上海市原创设计大师工作室"中的两家。2005 年，两个大师工作室在市、区两级政府政策扶持下，在发展创意产业方面进行了积极的探索。刘远长工艺美术陶瓷原创设计大师工作室已经申报专利 86 项，上海韩秉华视觉艺术／印刷装帧原创设计工作室申报专利 82 项。

十五、普陀区

1. 发展概况

2005 年，普陀区民营企业总数 10780 家，占本区企业的 76%。年末区民营企业就业人数约 24.1 万人，占区就业人数的 69%。企业资产总额 1848.671 亿元，占区资产总额的 91%。企业年产销收入 1678.138 亿元，占区营业收入的 84.7%。区个体经营户总数 1.16 万户，从业人数 2.464 万人，全年实现营业收入 19.59 亿元，固定资产原值 1.43 亿元，全年缴纳税收 0.451 亿元。

民营经济主要集中在三个行业，一是批发零售业 5284 户，占全区民营企业的 48.95%；二是服务业企业 2635 户，占全区民营企业的 24.4%；三是工业企业 1379 户，占全区民营企业的 13%。其他行业如交通运输业、电信业、住宿餐饮业、物业管理、中介服务业、建筑装潢业、房地产开发业等，总共占 13.7%。

2. 主要特点

民营企业发展迅速。本区民营企业登记注册户数每年增长率为 12%，注册资本每年平均递增 20% 左右，新增民营企业户注册资本增长率 11%。

民营企业逐步向现代企业制度过渡。在全区民营企业中，有限责任公司占 83% 左右。低投入、高风险的个人独资企业和合伙企业逐渐减少。

小规模民营企业相对集中，但投资规模有日益上升的趋势。本区民营企业投资 100 万元以下的企业占总民营企业数的 70% 左右，投资 100 万～500 万元的民营企业为 23%，500 万～1000 万元以上的民营企业占 6% 左右，投资在 1 亿元以上的占 0.2% 左右。

3. 主要措施

一是抓住机遇，扩宽民营企业的发展领域。二是转变政府职能，发强对民营经济的宏观管理和有效服务。三是提高民营企业经营者的综合素质，加快企业发展。四是加快金融改革步伐，完善融资机制，扩宽民营企业的融资渠道。五是注重民营企业核心竞争力的提高。

十六、静 安 区

1. 经济发展概况

至2005年末，静安区私营企业已达4071户。全区民营科技企业技工贸总收入114.5亿元，其中10户科技型企业进入全市科技企业百强行列；民营医疗机构已达到21家。

2. 经济运行主要特点

从企业数量分析，静安区内资企业的数量进一步下降，而私营、外资企业则继续扩容，其中，私营企业数量已占全区企业总数的40%以上。

从经济成分看，私营企业户数在服务业、房地产业快速增长，在商业上略有减少；外资企业户数在商业、知识服务行业中明显增长，其在商业中的增长拉动来自餐饮业、零售业。

"楼宇经济"蓬勃发展。南京西路一些楼宇的企业入驻率始终保持在90%以上。楼宇中纯办公楼与商办楼中的商务面积占商务总面积的87.91%。

"大街特色经济"繁荣。黄浦、静安两区对南京路实行东西联动，错位竞争，促进了静安区"大街特色经济"的发展。静安区所属的南京西路，全长不足3公里，却吸引了数百亿元巨额投资，入驻了上千家企业。

十七、长宁区

1. 发展概况

至 2005 年底，长宁区民营企业户数 7326 户，比上年度增长 11.7%，注册资金 195.2 亿元，比上年度增长 21.1%。

商业、会展旅游业、现代物流业等行业领域继续保持健康稳步发展，都市型工业结构调整取得阶段性成果。神州数码管理系统有限公司、神州数码软件（上海）有限公司、上海方正科技软件有限公司、上海国美电器有限公司、上海置信电气股份有限公司、上海长信会计事务所有限公司、上海钟山旅行社有限公司、上海上信电子商务有限公司等均是区域行业中有影响的企业。

2. 主要特点

"一区一品"加快建设。上海时尚园完成了第二阶段数字化系统工程的建设，初步建成多功能的视觉艺术中心，扩建了 1200 平方米的园区 6 号楼，第一个全国十佳设计师品牌"IS·CHAO 生活馆"和张义超服饰有限公司开业，新引进 10 家服装企业入驻，总量达到 23 家，受到了多位中央和上海市领导前来视察并给予高度评价。2005 年全市创意产业集聚区第一批授牌 18 个，长宁区占 3 个。2005 年 4 月，成功承办了上海国际服装节"时尚长宁"系列活动，扩大了"时尚长宁"的影响，搭建了服装企业和设计师展示作品的平台，加快了长宁区服装企业的集聚。

"总部"集聚效应显现。随着外商投资企业规模平稳扩大，长宁总部集聚效应更趋显著。目前，在长宁区投资注册 3000 万美元以上的投资性公司有华新（中国）投资公司、明尼苏达矿业制造（中国）投资公司、统一企业（中国）投资公司、朗宁数码投资公司、理光（中国）投资公司、恩斯克投资公司、远翔（中国）投资公司、恩梯恩（中国）投资公司、康奈可（中国）投资公司和光洋精工（中国）投资等公司。其中，"理光"、"远翔"、"恩梯恩"、"康奈可"和"光洋精工"等新落户企业，占 2005 年该区跨国投资性公司总数的 50%。

商业环境优化。定西路环境设施、灯光景观、绿化、店招店牌等进行了统一设计。调整业态 12 户，7 处 24 家商店或单位店面立面装修完成，新引进左丹奴、过路人、真维斯、七匹狼、古今等专业店或品牌店 7 户及品牌专柜 18 只，使定西路（愚园路—安化路）商业环境、灯光景观绿化、店外立面初步呈现时代感、整体性、时尚气息和文化氛围。

会展旅游业加快发展。成功举办上海旅游节长宁活动，3 大主体活动"新长宁·新生活"、"小主人生日游"、"社区戏曲擂台赛"吸引了 6 万名观众和参与者，彰显了长宁区涉外功能、休闲时尚、高雅品味的商旅文特色。

"数字长宁"建设加快。凯旋路多媒体产业走廊加强了建设，对楼宇资源进行重新整合，强势推进，为引进高科技的、时尚的 IT 产业、创意产业初步打下了基础；与高科技公司合作，万航渡路 2170 号改造成多媒体园区；上钢十厂仓库建成"多媒体孵化基地"；东风都市工业园部分公司的经营结构进行改造，尽快调整为多媒体产业都市园等。

十八、虹口区

1. 发展概况

民营经济是虹口区经济发展的重要组成部分，近几年发展较快。2005 年区域内共有民营企业 10006 家，投资者 22267 人，职工 73683 人，注册资本 242.7 亿元，产销额 127.5 亿元，三级税收 13.6 亿元。

民营企业税收贡献较大行业的主要是生物医药、通信电子、运输设备、电气机械、通用设备、专用设备等，营业收入额较大行业主要是生物医药、专用设备、通用设备、电气机械、运输设备。

2. 主要特点

从业领域不断拓宽。据了解，民营经济已从传统的加工制造业、批发零售业向现代服务业转移，从业领域已扩大到建筑装潢、交通运输、电子通信、信息咨询、航运服务等。

税收贡献不断增长。通过多年培育扶持，形成了一批规模较大，税收贡献较多的企业总部，个别企业年纳税在 5000 万元左右，部分企业在 1000 万元以上，企业已进入健康快速的发展期。

自主创新不断增强。2005 年认定是高新技术企业 12 家，国家科技部批准新产品项目 7 项。列入市级企业技术中心 2 家，区级企业技术中心 2 家。"电信网监测维护管理的关键技术与系统"在 2005 年市科技大会上被评为"上海科技进步一等奖"，"一种热敏电阻器及其制造方法"被评为 2005 年"上海发明专利一等奖"。在品牌建设上，2005 年又有 5 家企业列入市名牌产品推荐名录。同时，部分企业正在积极申报著名品牌。

建立健全知识产权和专利管理制度。企业更加重视知识产权，自觉加大了自主创新工作的力度。有规模企业基本上通过了各类质量认证，为企业产品走向市场创造了条件；通过引进设备，提高了企业的工艺制作水平；通过引进与吸收消化和自主创新，走产学研之路，形成一批有核心技术的专利。

3. 主要措施

一是加强知识产权工作，增加企业自主创新能力。二是通过政策聚焦，提高广大科技企业的积极性，加强科技产业化和产业科技化进程。三是大力发展科技中介服务机构。

第四部分

大事记

1月11日 由市经委、市工商联、市工商局联合主办的"发展民营经济，推动产业升级"座谈会在虹桥迎宾馆召开，本市 35 位民营企业家代表及相关政府职能部门负责人参加了会议。

1月14日 上海市经济委员会和《文汇报》合办"民营经济"、"中小企业"专版创刊。

1月17日 上海延华智能科技有限公司承接的上海嘉城项目通过了国家"十五"重点科技攻关计划专题规划设计方案评审，成为上海首个通过评审的"城市数字化示范工程"。同时，该公司也成为渣打银行在国内大比例贷款的首批民营中小企业客户。

1月31日 市政府召开专题工作会议，韩正市长听取市有关部门关于进一步推进非公有制经济发展的工作汇报。

2月18日 上海金源国际经贸发展有限公司与南车四方机车车辆股份有限公司联合中标的伊朗铁路客车大项目中首批 45 辆软卧客车装上 PATRIA 轮，启程运往波斯湾畔的阿巴斯港。这是 27 年来伊朗首次从国外采购价值 1.25 亿美元、218 辆新造的铁路客车大项目。

2月25日 《国务院关于鼓励支持和引导个体私营等非公有制经济发展的若干意见》（下称"非公 36 条"）公布。共分七大项 36 条。

2月28日 中共中央政治局委员、上海市委书记陈良宇等市委、市政府领导会见上海市优秀中国特色社会主义事业建设者。

3月2日 "上海市社会诚信体系建设联席会议 2005 年第一次全体会议"召开。

3月22日 中国香港（地区）商会在上海举办"香港中小型企业在上海的机遇与挑战"研讨会。

3月24日 "上海市人民政府关于印发《上海市实施<中华人民共和国教育促进法>、<中华人民共和国民办教育促进法实施条例>若干问题的暂行规定》的通知"（沪府发〔2005〕10 号）颁布实施。

3月31日 2005 年上海名牌产品和服务推荐活动拉开帷幕，473 项产品和服务品牌同时揭晓公布，民营企业成为上海名牌的新生力量。民营企业拥有的上海名牌数量达 139 项，占 30%。

4月1日 《上海市中小企业融资手册》出版发行。

4月8日 "962511"中小企业融资服务热线开通。

4月13日　中国最大的网络游戏运营商盛大互动娱乐有限公司与全球领先的音乐公司环球唱片有限公司宣布，双方结成战略合作伙伴关系。

4月21日　上海华普汽车与上海交通大学正式签署了全面战略合作伙伴协议，双方合作进入了实质性实施阶段；双方合作申报的"引逼工程"项目得到了上海市政府的高度重视和积极支持。

4月21日　市小企业（贸易促进）服务中心和德国中小企业联合总会举办"中德商贸采购洽谈会"。

4月25日　上海市专利交易中心在上海知识产权园挂牌成立。副市长严隽琪出席了揭牌仪式。

4月26日　来自北京、天津、上海等16个省市的23位知名民营企业家聚首申城，参加由上海市经委、市发改委、市工商联等单位主办的"民营企业家·上海产业发展咨询会"，为本市先进制造业和现代服务业发展出谋划策。

4月27日　市政协分别召开《重点提案办理专题协商会》和《工商联界别（扩大）委员会专题座谈会》，研究进一步促进民营经济健康发展的推进工作。

4月28日　由文汇报和上海民营经济发展促进中心联合发起的"上海民企沙龙"在文新大厦揭牌，并同时举行"促进上海民营经济发展恳谈会"，30多位上海知名民营企业家和中国民（私）营经济研究会会长、著名民营经济研究专家保育钧参加会议。

5月10日　上海中鑫市政水利工程公司和象山中意置业公司参与成立了上海水务工程系统首家股份制企业——上海市水利工程公司。此举开创了水务系统股权改革的新模式,拉开了水利工程企业产权体制改革的序幕。

5月17日　作为2005年上海科技节系列活动之一的"科技咨询服务与中小企业科技创新现场咨询交流会"在上海科学会堂举行。

5月18日　为贯彻落实《国务院关于鼓励支持和引导个体私营等非公有制经济发展的若干意见》，上海市正式出台《上海市贯彻<国务院关于鼓励支持和引导个体私营等非公有制经济发展的若干意见>的实施意见》。

5月20日　"相约海滨·民营企业家看金山"活动在金山区隆重举行，来自全国各地200多位民营企业家相聚金山。市人大常委会副主任、市工商联会长任文燕出席。

5月23日　全国人大副委员长、民建中央主席成思危，全国政协副主席、民建中央常务副主席张榕明带领民建中央考察团就"加强信用体系建设，促进中小企业发展，构建和谐社会"主题到上海进行专题调研。

5月30日 上海市经委与澳大利亚新南利亚威尔士州政府经济部联合举办的"2005澳中中小企业投资与招商暨教育培训合作洽谈会"，会期4天。

6月6日 市劳动保障局、市总工会、市工商联共同举办的"民营企业招聘周"活动启动。市、区县工商联合会组织了近千家民营企业，在为期一周的招聘活动中提供了1万余个就业岗位。

6月10日 "2005年全国中小企业网上百日招聘高校毕业生活动"圆满结束。活动期间共组织622家企业发布招聘信息，可提供5981个就业岗位，总量居全国第三位。

6月13日 国家发改委中小企业司在上海举行"中小企业服务体系建设（管理咨询）培训班"开班仪式。全国各省市中小企业主管部门和中小企业服务机构的有关人员共160人参了培训。

6月17日 全国中小企业服务中心召开"服务机构工作经验交流会"。

6月18日 由美国俄亥俄州—哥伦布市政府经济发展厅、美国俄亥俄州亚裔商会、上海市经委主办的"美国俄亥俄州—哥伦布市来沪招商、经贸推介会"召开。

6月21日 市工商业联合会、解放日报联合举办以"科教兴市—民营企业的使命和发展机遇"为主题的科教兴市论坛专题研讨会。市人大常委会副主任、市工商联会长任文燕到会致辞。

6月28日 由上海舜业钢铁集团有限公司、复地集团等联合开发的"国际钢铁物流总部基地"启动。该基地占地486亩，一期投资25亿元。建成后有56栋独立的企业总部大楼可供500多家大中型钢贸物流企业入驻。

6月30日 均瑶集团获得国家民航总局的正式批文，批准均瑶集团筹建东部快线航空有限公司。这是国内第5家获准筹建的民营航空公司。

7月2日 上海市人民政府办公厅转发市减轻企业负担联系会议办公室《关于做好今年本市企业治乱减负工作的意见》的通知，落实国务院减负办《关于治理向个体私营等非公有制企业乱收费、乱罚款和各种摊派等问题的通知》。

7月6日 永乐家电和灿坤集团同时发布对外公告,称灿坤集团在中国大陆的32家门店悉数转手永乐家电，交易定价为1.4亿元。这是中国家电连锁业第一宗大规模并购。

7月11日 市委副书记、市长韩正等市领导一行视察了上海高智科技发展有限公司的特种车生产和多媒体实验室、上海科华生物工程股份有限公司的工程研究中心和上海复星高科技（集团）有限公司的高科技产品生产线，并与15家民营企业负责人座谈，听取民营企业家对发展非公经济的意见和建议。

7月13日 上海楼宇广告经营商分众传媒在纳斯达克上市，共募集1.717亿美元，融资规模在纳斯达克近20家"中国概念股"中创造了新的最高纪录。这是继携程旅行网和盛大网络之后，第三家"登陆"纳斯达克的上海民营高科技企业。

7月18日 作为国内首家以低成本低票价为目标的民营航空公司，春秋航空公司的空中客车A320飞机载着180位乘客从虹桥机场起飞，飞往烟台，开辟中国低成本航空的"处女航"。

7月20日 上海市促进小企业发展办公室与人民银行上海分行、市金融办、市征信办、市工商局举行"上海中小企业资信评级试点工作座谈会"，中小企业资信评级试点工作正式启动。

8月10日 闸北区政府为缓解民营企业融资困难，出资1000万元搭建平台，设立了"民营企业贷款信用投融资担保专户"。

8月12日 由芷新集团参与投资并管理的上海长途汽车客运总站正式启用。这也成为上海民间资本快步进入大型基础设施和公共事业领域的一个标志。

8月15日 由市经委、市外经贸委、市生产力中心与德国杜赛尔多夫市政府、德国杜赛尔多夫市工商联合大会共同举办的"中德中小企业投资与招商合作洽谈会"在德国杜赛尔多夫市召开。

8月18日 由市促进小企业发展办公室组织，市财政局、上海银监局、人民银行上海分行、工商银行上海分行、上海银行等单位参加的"上海中小企业融资服务考察团"赴浙江省学习考察中小企业融资服，务工作。

8月18日 印度驻上海总领事馆、市小企业（贸易促进）服务中心以及上海产业转移咨询服务中心在上海联合举办"中印企业贸易合作洽谈会"。

8月23日 "国家中小企业银河培训工程上海工作站"揭牌，同时，举行首个培训班开班仪式。

8月29日 "中德中小企业合作成果与发展前景论坛暨德国中小企业联合总会中国合作项目十周年庆典大会"在上海举行。中华全国工商业联合会副主席孙晓华，市人大常委会副主任、市工商联会长任文燕和德国中小企业联合会秘书长斯莱尔等出席会议。

8月30日 2004年度全国上规模民营企业500家调研排序结果揭晓。上海复星高科技（集团）有限公司（第二名）和上海华冶钢铁集团有限公司（第七名）进入前十名，前十强中上海占20%。同时，百强民营企业中的上海企业上升到7家，进入500强企业的数量排名全国第四位。

9月1日 嘉定区召开"小巨人计划暨商标战略发展工作推进会"，对区内首家荣获中国驰名商标称号的上海凯泉泵业集团有限公司进行表彰，并对该企业给予100万元奖励。这也是本市首次对中国驰名商标企业实施重奖。

9月12日 上海组团参加"第二届中国中小企业博览会暨中法中小企业博览会"，共有44家企业（58个展位）参展。

9月13日 在中国林产工业协会地板专业委员会第四届第一次全体会议上，安信地板获得了2004–2005年度中国木地板行业市场影响力实木地板十大品牌称号。

9月19日 上海中小企业资信评级试点工作圆满完成。全市共有98家中小企业参与了资信评级，其中有74家中小企业被评为A级以上。

9月19日 "2005第二届中美中小企业合作与交流大会"（纽约—上海）在美国纽约市召开。

9月21日 世界贸易中心协会和上海世界贸易中心协会共同在上海举办"中小企业国际合作与交流"上海论坛。博鳌亚洲论坛秘书长龙永图、上海市人大常委会副主任厉无畏、副市长胡延照等中外嘉宾、学者在会上作了演讲。

9月21日 上海市科委在友谊会堂召开"科技企业自主创新推进会"，从评选出的2004年度上海市民营科技企业100强中，重点表彰了10家自主创新领先企业。副市长严隽琪到会并向获奖企业颁奖。

9月28日 "上海中小企业法律服务中心"成立。

10月14日 上海民营科技企业百强榜上揭晓。首次推出了上海杰事杰新材料股份有限公司等10家自主创新进程中取得显著成就的民营科技企业。

10月18日 上海市个人信用联合征信系统暨个人信用网上服务平台网站举行开通仪式。

10月18日 市生产力中心组织上海相关企业和机构参加"上海—芬兰企业洽谈会"。

10月20日 "上海百强私营企业暨文明个体工商户命名表彰大会"举行。上海永乐家用电器有限公司力拔综合实力榜头筹，101 位个体劳动者荣获"上海市文明个体工商户"称号。

10 月 21 日　"全国科技型中小企业融资工作研讨会"在上海召开。科技部科技型中小企业技术创新基金管理中心、国家开发银行上海市分行、上海市科委三方共同签署了《关于开展科技型中小企业贷款业务合作协议》。

10 月 30 日　市小企业办与上海热线创业频道共同主办"第一届上海市中小型创业项目洽谈咨询交流会"。

11 月 4 日　上海市信息化委员会、韩国信息通信部信息通信政策局在上海召开了"中韩中小企业信息化（上海）论坛"。

11 月 8 日　"上海中小企业品牌建设推进委员会"举行首次会议（暨成立仪式）。

11 月 8 日　为帮助上海民营企业加快实施"走出去"战略，提升开发、利用和整合国际资源的能力，推进沪港两地企业在服务业、商贸流通业、制造业等领域的合作与发展，市经委和香港贸发局共同组织 16 家民营企业赴香港考察培训。

11 月 9 日　上海宏源照明电器有限公司和上海高智科技发展有限公司的数字控制无极灯（LVD电磁感应灯）获得第六届上海工博会金奖。

11 月 16 日　"中国—日本中小企业投资合作经贸洽谈会"在上海举行。

11 月 17 日　"2005 法中企业家商贸合作洽谈会"在上海科技馆举行。法国经济财政工业部外贸部部长级代表拉嘉德、上海市副市长周禹鹏、中国商务部部长助理傅自应、法国前总理拉法兰出席开幕式。

11 月 17 日　上海市联合产权交易所和上海民营经济发展促进中心联合召开"国有产权和民营资本对接项目信息发布会"，共推出投资、融资项目 58 个，涉及机械制造，IT、服务贸易、生物技术、食品、房地产、专利技术等 27 个领域，共计金额约 20.3 亿元。

11 月 22 日　市经委、市农委主办"第三届'长三角'中小企业合作与发展论坛"在上海隆重开幕。胡延照副市长到会致词。长三角区域 16 城市中小企业机构等各有关方面代表约 200 人参加论坛。论坛还评出了一批优秀论文。

11 月 22 日　上海市民营企业"关爱员工、实现双赢"表彰暨经验交流会在展览中心友谊会堂举行，共有 50 位民营企业家获得了"上海市关爱员工优秀民营企业家"称号。

11 月 29 日　上海市工商联"企业家活动日"举行"聚焦南汇·长三角知名民营企业家临港新城行"活动，上海市人大常委会副主任、市工商联会长任文燕参加活动并致辞。

11 月 24 日　由国家发改委中小企业司、民建中央财政金融委员会主办的"中国信用·融资·担保高峰论坛"在上海举行。全国政协副主席、民建中央常务副主席张榕明出席会议并致辞。市政协副主席、民建上海市委黄关从出席了论坛。

11 月 28 日　"上海市促进中小企业发展工作会议"召开。胡延照副市长出席会议并讲话；同时，还举办了"1128 中小企业服务日"大型系列活动。

11 月 29 日　市经委（市国防科工办）召开"民营企业参与国防科技工业发展座谈会"，40 多家民营企业参加了会议。

12 月 6 日　市经委和上海市临港新城管理委员会召开"上海装备产业基地建设与民营企业合作推进会"，万向集团、天正集团有限公司、太平洋重工集团、正泰电气股份有限公司、科瑞集团、金发科技、万丰奥特、北京市蓝盾企业（集团）等 20 余家全国装备和物流行业知名民营企业的董事长、总经理参加了会议。

12 月 10 日　美特斯邦威集团的服饰博物馆在南汇正式对外开放。该馆占地 2000 多平方米，收集了沈从文的手稿、成吉思汗王妃的冠帽、清代龙袍、民国旗袍及土家族的织锦、苗族绣片等。

12 月 10 日　由市劳动和社会保障局和上海图书馆举办，市就业促进中心和东方宣教服务中心等承办的为期一个月的"东方讲坛·开业生涯"系列讲座暨现场咨询服务活动在上海图书馆圆满落下帷幕。

12 月 16 日　"2005 中小企业金融服务与创新论坛"成功举办，并举行了"上海实力企业、上海成长型企业"企业代表的授牌仪式。市人大常委会副主任、市工商联会长任文燕出席会议并讲话。

12 月 18 日　"第二届上海市中小型创业项目洽谈咨询交流会"举行。

12 月 21 日　世界卫生组织（WHO）在其网站上刊登了《通过预认证的产品和制造商名单（抗疟药）》的正式文件，确认复星医药旗下桂林制药股份有限公司生产的青蒿琥酯片剂通过了世界卫生组织的预供应商资格认证，这也是中国制药企业首次通过世界卫生组织预供应商资格认证。

12 月 28 日　"上海市中小企业名牌战略推进论坛暨上海市中小企业品牌孵化基地揭牌仪式"在上海市人大培训中心举行。

第五部分

附　录

附录1

2005 年市有关部门和区县部分促进民营经济发展的措施

一、市有关部门

序号	部门	政策措施
1	市经委	《关于申报 2005 年度上海市民营企业科教兴市产业升级导向资金的通知》
2	市科委	《上海市大学生科技创业基金管理办法》
3	市发改委、市科委	《关于上海市转制科研机构深化产权制度改革的若干意见》
4	市农委	《关于鼓励非公有制经济投资上海农业领域若干政策意见》
5	市国资委	《关于进一步推进本市国有中小企业改制重组的指导意见（试行）》
6	市金融办	《关于加强金融服务、支持中小企业发展建议的函》
7	市银监局	《推动本市银行业金融机构改进小企业融资服务的工作方案》

二、区县政府

序号	区县	政策措施
1	浦东新区	《浦东新区进一步支持和引导个体私营等非公有制经济发展的意见》
2	闸北区	《闸北区人民政府关于鼓励支持和引导个体私营等非公有制经济发展的实施意见》
3	杨浦区	《杨浦区中小企业利用社会担保融资的财政扶持办法》《商业银行为区科技、现代服务业融资贴息财政扶持办法》
4	闵行区	《闵行区推进民营经济发展优惠政策》《闵行区人民政府关于促进民营（内资）企业发展的若干意见》、《关于构筑民营（内资）企业发展平台的若干意见》
5	宝山区	《扶持民营经济发展专项资金管理办法》
6	嘉定区	《关于加强嘉定区非公经济组织人才人事服务工作的实施意见》
7	奉贤区	《奉贤区人民政府关于鼓励支持和引导非公有制经济发展的实施意见》

附录2

2005 年度上海民营经济十大新闻

一、市委、市政府领导高度重视民营经济发展工作

2005 年 2 月 28 日下午，中共中央政治局委员、中共上海市委书记陈良宇等市委市政府领导会见上海市优秀中国特色社会主义事业建设者。7 月 11 日下午，韩正市长视察本市部分民营企业，听取发展非公经济的意见和建议。

二、38 条实施意见出台，全面促进非公经济发展

为贯彻落实《国务院关于鼓励支持和引导个体私营等非公有制经济发展的若干意见》，5 月 18 日，上海市正式出台《上海市贯彻〈国务院关于鼓励支持和引导个体私营等非公有制经济发展的若干意见〉的实施意见》。

三、上海民企成长速度加快

2005 年 8 月 30 日，2004 年度全国上规模民营企业 500 家调研排序结果揭晓。上海复星高科技（集团）有限公司（第二名）和上海华冶钢铁集团有限公司（第七名）进入前十名，前十强中上海占 20%。同时，百强民营企业中的上海企业也由 2003 年的 3 家上升到 7 家，进入 500 强企业的数量排名全国第四位。

四、民营企业家聚首申城为"两个优先发展"出谋划策

2005 年 4 月 26 日，来自北京、天津、上海等 16 个省市的 23 位知名民营企业家聚首申城，参加由上海市经委、市发改委、市工商联等单位主办的"民营企业家·上海产业发展咨询会"，为本市先进制造业和现代服务业发展出谋划策。

五、民企成为科教兴市生力军

据统计，在第一批 29 个科教兴市重大项目中，民营企业承担的项目达到 10 个。目前上海民营科技企业开发生产的产品中，属于国际先进或领先的约占 1/4。并形成 2 万多家"科"字当头的民营企业，20 万名专职科技人员队伍，成为上海科技人才的重要聚集地。全市 16 个区相继成立了科技企业联合会，吸引了 9000 多家民营科企参加。民营科技企业申请各类专利也接近全市企业专利申请的四成。

六、上海民营资本积极参与国有产权改革

据一年多来的统计，通过上海联合产权交易所的平台，非国有企业收购各类企业的国有产权交易已达 1849 宗，占全部国有产权转让交易宗数的 71.13%，成交金额 322.83 亿元，占总转让金额的 44.47%。

七、永乐家电完成家电连锁业第一宗大规模并购

7 月 6 日，永乐家电和灿坤集团同时发布对外公告，称灿坤集团在中国大陆的 32 家门店悉数转手永乐家电，交易定价为 1.4 亿元。这是中国家电连锁业第一宗大规模并购。

八、春秋航空开辟中国低成本航空的"处女航"

2005 年 7 月 18 日上午 9 时整，作为国内首家以低成本低票价为目标的民营航空公司，春秋航空公司的空中客车 A320 飞机载着 180 位乘客从上海虹桥机场起飞，飞往烟台，开辟中国低成本航空的"处女航"。

九、上海民企联合体中标伊朗大项目

27 年来，伊朗首次从国外采购价值 1.25 亿美元、218 辆新造的铁路客车大项目，被民营企业上海金源国际经贸发展有限公司与南车四方机车车辆股份有限公司组成的联合体一举拿下。2005 年 2 月 18 日上午，首批 45 辆软卧客车装上 PATRIA 轮，启程运往波斯湾畔的阿巴斯港。

十、上海民营企业关爱职工、积极参与社会公益事业

2005 年 11 月 22 日，上海市民营企业"关爱员工、实现双赢"表彰暨经验交流会在展览中心友谊会堂举行，共有 50 位民营企业家获得了"上海市关爱员工优秀民营企业家"称号。陈天桥、屠海鸣向社会捐赠设立教育基金和图书馆等。

附录3

上海民营企业技术中心名单

序号	企业名称	等级
1	上海复星医药（集团）股份有限公司	国家级
2	华宝食用香精香料（上海）有限公司	国家级
3	上海汇丽（集团）公司	上海市级
4	上海丝绸集团股份有限公司	上海市级
5	上海交大昂立股份有限公司	上海市级
6	恒源祥（集团）有限公司	上海市级
7	上海凯泉泵业（集团）有限公司	上海市级
8	上海杰事杰新材料股份有限公司	上海市级
9	上海海欣集团股份有限公司	上海市级
10	上海柘中（集团）有限公司	上海市级
11	上海致达科技（集团）股份有限公司	上海市级
12	中国高科集团股份有限公司	上海市级
13	上海农乐生物制品股份有限公司	上海市级
14	上海连城（集团）有限公司	上海市级
15	上海复旦微电子股份有限公司	上海市级
16	上海华为技术有限公司	上海市级
17	上海复旦光华信息科技股份有限公司	上海市级
18	微创医疗器械（上海）有限公司	上海市级
19	上海杰隆生物工程股份有限公司	上海市级
20	上海赛达生物药业股份有限公司	上海市级
21	上海杉杉科技有限公司	上海市级
22	上海普利特复合材料有限公司	上海市级
23	上海爱普香料有限公司	上海市级
24	正泰电气股份有限公司	上海市级
25	上海中大科技发展有限公司	上海市级
26	上海宏源照明电器有限公司	上海市级
27	上海东升电子（集团）股份有限公司	上海市级
28	上海华明电力设备制造有限公司	上海市级
29	上海广电电气（集团）有限公司	上海市级
30	上海市开灵开关厂有限公司	上海市级
31	绿谷（集团）有限公司	上海市级
32	上海富臣化工有限公司	上海市级
33	上海科华生物工程股份有限公司	上海市级
34	上海新兴医药股份有限公司	上海市级
35	上海博达数据通信有限公司	上海市级
36	上海新时达电气有限公司	上海市级

附录4

全国和上海市社会主义事业建设者名单

一、全国社会主义事业建设者名单（按姓氏笔画排序）

序号	姓名	企业名称	职务
1	王均瑶	上海均瑶集团有限公司	董事长
2	刘幸偕	上海高智科技发展有限公司	董事长 总经理
3	席劲松	上海舜业钢铁集团有限公司	董事长
4	郭广昌	上海复星高科技（集团）有限公司	董事长总裁
5	魏中浩	上海爱普香料有限公司	董事长 总经理

二、上海市社会主义事业建设者名单（按姓氏笔画排序）

序号	姓名	企业名称	职务
1	丁劲松	上海海泰钢管有限公司	董事长
2	尹文明	上海三明食品公司	董事长 总经理
3	王晓鹏	万隆专业集团有限公司	董事长
4	史一兵	万达信息股份有限公司	董事长 总裁
5	刘佩琴	上海梅园村企业发展有限公司	总经理
6	刘 亮	上海国豪企业发展公司	董事长 总经理
7	吕焕翔	上海浦东凌空农艺大观园有限公司	董事长
8	孙鸿祖	上海奥力福实业有限公司	总经理
9	朱政平	上海盛顺服装有限公司	董事长
10	严健军	上海致达科技（集团）股份有限公司	董事长
11	何爱群	上海鹤山针织服装有限公司	董事长 总经理
12	吴永明	上海永明机械制造有限公司	董事长 总经理
13	吴烈峰	上海申瑞电力自动化科技有限公司	董事长
14	张 峻	上海万申信息产业股份有限公司	总经理
15	张仁福	上海福源智业集团有限公司	董事长
16	张文荣	上海亚龙投资（集团）有限公司	董事长
17	张荣坤	上海福禧投资控股有限公司	董事局主席
18	李维德	上海宏源照明电器有限公司	董事长 总经理
19	沃伟东	上海汇银（集团）有限公司	董事长 总裁
20	沈德君	上海乾和餐饮管理有限公司	董事长
21	肖 毅	上海华明电力设备制造有限公司	副董事长
22	邵东明	上海东鼎投资经营发展有限公司	董事长 总经理

（续表）

序号	姓名	企业名称	职务
23	陆海天	上海格尔汽车金属制品有限公司	董事长
24	陈天桥	上海盛大网络发展有限公司	董事长兼CEO
25	陈伟峰	上海瀛通（集团）有限公司	董事长
26	陈志龙	上海伟龙企业有限公司	董事长 总经理
27	陈柄均	上海西渡房产开发有限公司	董事长
28	陈荣	上海中路（集团）有限公司	总经理
29	陈海汶	上海三亚信息广告有限公司	董事长
30	周文	上海普利特复合材料有限公司	董事长 总经理
31	周和平	上海和平企业（集团）有限公司	董事长 总经理
32	周桐宇	上海威达高科技（集团）有限公司	董事长 总裁
33	林凯文	上海凯泉泵业（集团）有限公司	董事长 总裁
34	郑荣德	上海华东电器集团有限公司	董事长 总裁
35	金福音	上海人民企业（集团）有限公司	董事长
36	施有毅	云海实业股份有限公司	董事长
37	倪建春	上海裕生特种线材有限公司	董事长
38	夏道余	上海干巷汽车镜（集团）有限公司	董事长 总裁
39	徐益忠	上海益忠电器有限公司	董事长 总经理
40	徐锦鑫	置信电气股份有限公司	董事长
41	徐增增	上海龙宇投资有限公司	总经理
42	翁联辉	上海世好餐饮管理有限公司	董事长
43	袁立	上海富大胶带制品有限公司	董事长
44	钱建蓉	上海中锐实业投资有限公司	董事长
45	顾永泉	上海永冠商业设备有限公司	董事长 总经理
46	常兆华	微创医疗器械（上海）有限公司	董事长
47	盛建平	上海兴信厨房用具有限公司	董事长 总经理
48	黄新观	上海四通电力设备（集团）有限公司	董事长
49	董增平	上海思源电气股份有限公司	董事长
50	潘跃进	上海中大科技发展有限公司	董事长 总裁

附录 5

上海民营科技企业 100 强排行榜

序号	企业名称	所在区县
1	上海复星高科技（集团）有限公司	普陀区
2	联想（上海）有限公司	长宁区
3	上海久隆电力（集团）有限公司	闸北区
4	上海神州数码有限公司	长宁区
5	上海腾隆（集团）有限公司	闸北区
6	上海迪比特实业有限公司	闵行区
7	上海北大方正科技电脑系统有限公司	静安区
8	上海紫江企业集团股份有限公司	闵行区
9	上海宽频科技股份有限公司	浦东新区
10	上海致达科技（集团）股份有限公司	普陀区
11	上海正方形钢铁有限公司	普陀区
12	威达高科技控股有限公司	长宁区
13	上海华普电缆有限公司	闵行区
14	上海中邮普泰移动通信设备有限公司	静安区
15	上海盛大网络发展有限公司	浦东新区
16	华捷联合信息（上海）有限公司	闵行区
17	上海凯泉泵业（集团）有限公司	嘉定区
18	上海宏泉集团有限公司	普陀区
19	上海港荣钢铁材料有限公司	虹口区
20	上海华东电脑股份有限公司	黄浦区
21	上海国通电信有限公司	静安区
22	上海富欣通信技术发展有限公司	虹口区
23	上海杰事杰新材料股份有限公司	闵行区
24	上海新华控制技术（集团）有限公司	浦东新区
25	上海泰禾（集团）有限公司	长宁区
26	上海南大集团有限公司	闵行区
27	上海希望电脑市场经营管理有限公司	长宁区
28	利德科技发展有限公司	嘉定区
29	上海曼高涅进出口有限公司	浦东新区
30	上海星泉工贸有限公司	闸北区
31	上海华清企业发展有限公司	静安区
32	人本集团上海轴承有限公司	奉贤区
33	上海福祥陶瓷有限公司	闵行区
34	上海交大南洋股份有限公司	徐汇区
35	绿谷（集团）有限公司	虹口区

（续表）

序号	企业名称	所在区县
36	上海清华科睿实业有限公司	长宁区
37	上海黄金搭档生物科技有限公司	徐汇区
38	上海国际科学技术有限公司	卢湾区
39	上海大亚科学有限公司	杨浦区
40	上海迪赛诺医药发展有限公司	浦东新区
41	上海雨衡物资有限公司	长宁区
42	上海恒通工业原料有限公司	杨浦区
43	上海加冷松芝汽车空调有限公司	闵行区
44	上海干巷汽车镜（集团）有限公司	金山区
45	上海虹桥药业有限公司	闵行区
46	上海中纺电子系统有限公司	长宁区
47	上海紫东化工塑料有限公司	闵行区
48	上海威达高科技（集团）有限公司	嘉定区
49	联华电子商务有限公司	杨浦区
50	上海南华兰陵电气有限公司	闵行区
51	上海华明电力设备制造有限公司	普陀区
52	上海紫江彩印包装有限公司	闵行区
53	上海浩泰贸易有限公司	长宁区
54	上海金叶包装材料有限公司	普陀区
55	上海中科股份有限公司	徐汇区
56	上海米蓝贸易有限公司	普陀区
57	上海延华智能科技有限公司	普陀区
58	上海佳通超细化纤有限公司	闵行区
59	上海和雍贸易有限公司	静安区
60	上海中油大港油品销售有限公司	静安区
61	上海尼赛拉传感器有限公司	虹口区
62	上海连成（集团）有限公司	嘉定区
63	上海欣能信息科技发展有限公司	崇明县
64	上海嘉乐股份有限公司	金山区
65	上海国微科技有限公司	静安区
66	中国标准缝纫机公司上海惠工缝纫机三厂	徐汇区
67	上海电力高压实业有限公司	普陀区
68	上海时德环保科技实业发展有限公司	静安区
69	东杰电气（上海）有限公司	闵行区
70	上海赛博电器有限公司	闵行区
71	上海爱普香料有限公司	嘉定区

（续表）

序号	企业名称	所在区县
72	上海健特生物科技有限公司	徐汇区
73	东杰电气（中国）有限公司	闵行区
74	上海中臣经济信息产业有限公司	长宁区
75	上海科华染料工业有限公司	闵行区
76	上海东兴电力实业有限公司	闵行区
77	上海贝电实业股份有限公司	闸北区
78	上海颛桥建筑工程有限公司	闵行区
79	上海精益电器厂有限公司	长宁区
80	上海中科合臣股份有限公司	普陀区
81	上海邮通移动通信科技有限公司	徐汇区
82	上海科华生物工程股份有限公司	徐汇区
83	上海置信（集团）有限公司	长宁区
84	上海五洲药业股份有限公司	浦东新区
85	上海兴伟建筑安装工程有限公司	崇明县
86	上海一达机械有限公司	松江区
87	上海日之升新技术发展有限公司	闵行区
88	上海复旦光华信息科技股份有限公司	徐汇区
89	上海市南供电设计有限公司	闵行区
90	上海浙大网新图灵信息科技有限公司	静安区
91	携程计算机技术（上海）有限公司	徐汇区
92	上海煜辰投资有限责任公司	杨浦区
93	上海交大昂立生物制品销售有限公司	徐汇区
94	上海晓通网络技术有限公司	静安区
95	上海紫江喷铝包装材料有限公司	闵行区
96	上海振兴铝业有限公司	徐汇区
97	上海紫丹印务有限公司	闵行区
98	上海伊华电站工程有限公司	杨浦区
99	上海思源电气有限公司	闵行区
100	上海建科建设发展有限公司	闵行区

附录6

上海市部分位居行业前六名的民营企业

一、100个工业小类行业排名前六位的民营企业

序号	行业	企业名称
1	汽车整车制造	上海华普汽车有限公司
2	电线电缆制造	上海华普电缆有限公司
		上海裕生特种线材有限公司
		上海胜华电缆（集团）有限公司
3	配电开关控制设备制造	上海大华电器设备有限公司
4	水泥制品制造	上海富盛浙工建材有限公司
5	锅炉及辅助设备制造	上海红光锅炉有限公司
		上海神明控制工程有限公司
6	照相机及器材制造	上海多丽影像设备有限公司
7	金属家具制造	上海浦东东升金属制品厂
8	碳酸饮料制造	上海热浪饮料有限公司
9	棉、化纤纺织加工	上海鸣福纺织品有限公司
		上海鸣福纺织品有限公司
10	钢铁铸件制造	上海兴森特殊钢有限公司
11	泵及真空设备制造	上海凯泉泵业有限责任公司
		上海连成（集团）有限公司
		上海东方泵业有限公司
		上海开利泵业（集团）有限公司
12	塑料板、管、型材的制	上海公元建材发展有限公司
		上海新意达塑料托盘有限公司
13	毛针织品及编织品制造	上海皮皮狗毛纺织有限公司
		上海华翔羊毛衫有限公司
14	内燃机及配件制造	上海凯普锐冲压件有限公司
15	塑料包装箱及容器制造	上海紫江企业集团股份有限公司
		上海紫江特种瓶业有限公司
		上海紫日包装有限公司
16	棉及化纤制品制造	上海红富士家纺有限公司
17	塑料薄膜制造	上海紫东薄膜材料股份有限公司
		上海紫藤包装材料有限公司
18	模具制造	上海宝钢模具钢有限公司
19	其他未列明的金属制品	上海宝安汽配产业发展有限公司
20	其他纸制品制造	上海紫泉标签有限公司
		上海汇东纸品有限公司

（续表）

序号	行业	企业名称
21	其他专用化学产品制造	上海康鹏化学有限公司
		上海华银日用品有限公司
22	化学药品原药制造	上海迪赛诺化学制药有限公司
		上海迪赛诺维生素有限公司
23	锻件及粉末冶金制品制	上海新闵重型锻造有限公司
		上海申江锻造有限公司
24	冶金专用设备制造	上海重矿连铸技术工程有限公司
		上海金纬管道设备制造有限公司
25	香料、香精制造	上海爱普香料有限公司
		上海万香日化有限公司
26	皮箱、包（袋）制造	上海吉仕箱包有限公司
27	金属门窗制造	上海森林特种钢门有限公司
		上海德高门窗有限公司
		上海恒江门窗制造有限公司
28	发电机及发电机组制造	上海鹭发电机有限公司
29	水泥制造	上海海豹水泥（集团）有限公司
30	糖果、巧克力制造	上海金丝猴食品有限公司
		上海佳丰食品有限公司
31	电力电子元器件制造	上海贝思特电气有限公司
32	照明灯具制造	上海东升电子（集团）股份有限公司
		上海亚浦耳照明电器有限公司
33	泡沫塑料制造	上海馨源海绵有限公司
		上海中强塑料制品有限公司
34	家用厨房电器具制造	上海浦东松心电器有限公司
35	其他橡胶制品制造	上海立深化工有限公司
36	摩托车整车制造	上海杰士达摩托车有限公司
		上海统坚运动器材有限公司
		上海美田摩托车有限公司
37	建筑用木料及木材组件	上海森大木业有限公司
		上海傲胜木业有限公司
38	棉、化纤印染精加工	上海题桥纺织染纱有限公司
		上海名诚纺织印染有限公司
39	绝缘制品制造	上海青宝铜材有限公司
40	机械零部件加工及设备	上海英发电子有限公司
		上海飞华汽车部件有限公司
41	油墨及类似产品制造	上海泗联实业有限公司

（续表）

序号	行业	企业名称
42	其他金属工具制造	上海双力管业有限公司
		上海云飞工贸发展有限公司
43	橡胶板、管、带的制造	上海新闵橡胶有限公司
		上海永利带业制造有限公司
44	专项化学用品制造	上海云林化工有限公司
45	技术玻璃制品制造	上海蓝实特种玻璃制品有限公司
		上海协华玻璃有限公司
46	实验分析仪器制造	上海威尔泰工业自动化股份有限公
47	书、报、刊印刷	上海紫丹印务有限公司
48	其他输配电及控制设备	上海捷星电器制造有限公司
		上海新华电子设备有限公司
		上海奉贤区海滨集团有限公司
49	金属压力容器制造	上海高压容器有限公司
		上海申江压力容器厂
		上海华盛企业（集团）有限公司
		上海杨园压力容器有限公司
50	铁合金冶炼	上海赢通钢管有限公司
		上海树青电工合金有限公司
		上海汇铁物资贸易有限公司
51	平板玻璃制造	上海汇尔华实业有限公司
		上海绿苑玻璃有限公司
		上海德联安全玻璃制品有限公司
52	汽车修理	上海大众汽车浦东销售服务有限公
		上海鹏宇汽车销售服务有限公司
53	风动和电动工具制造	上海锐奇工具有限公司
		上海益高电动工具有限公司
54	摩托车零部件及配件制	上海运良锻造实业有限公司
55	装订及其他印刷服务活	上海新雅印刷有限公司
56	涤纶纤维制造	上海铭泰化纤有限公司
57	味精制造	上海天香经济发展有限公司
58	风机、风扇制造	上海泰胜电力工程机械有限公司
		上海佳盛燃气表具有限公司
		上海凯元鼓风机有限公司
59	医疗、外科及兽医用器	上海双鸽实业有限公司
60	玻璃纤维及制品制造	上海浦东耀华玻璃纤维有限公司

（续表）

序号	行业	企业名称
61	羽毛（绒）制品加工	上海奥力福实业有限公司
		上海福翔旅游用品有限公司
		上海欣盛毛绒有限公司
		上海富承泰制衣有限公司
62	中药饮片加工	上海虹桥中药饮片有限公司
		上海康桥中药饮片有限公司
63	燃气、太阳能及类似能	上海超太阳能科技发展有限公司
		上海雅洁厨具有限公司
		上海双开燃气用具有限公司
64	密封用填料及类似品制	上海康达化工有限公司
		上海金大塑胶有限公司
		上海锋泾聚氨酯有限公司
65	改装汽车制造	上海万丰客车制造有限公司
		上海申龙客车有限公司
66	船用配套设备制造	上海汇和船舶装潢有限公司
		上海舟乐船舶机械工程有限公司
		上海欣务工贸有限公司
67	金属废料和碎屑的加工	上海盛宝钢铁冶金炉料有限公司
		上海协力卷簧制造有限公司
68	环境污染防治专用设备	上海市凌桥环保设备厂
		上海天时水分析设备有限公司
69	家用音响设备制造	上海笛音响有限公司
70	玻璃纤维增强塑料制品	上海亚克力化工有限公司
71	计算机网络设备制造	上海博达数据通信有限公司
		上海默克高科技发展有限公司
		上海文安电脑技术有限公司
72	家用清洁卫生电器具制	上海银科实业有限公司
		上海喜乐嘉电器有限公司
73	蔬菜、水果和坚果加工	上海大山农业发展有限公司
74	助动自行车制造	上海杰宝大王电动车业有限公司
		上海绿亮电动车有限公司
		上海绿亮电子电器有限公司
		上海欧通电动车有限公司
75	建筑装饰及水暖管道零	上海海霸水暖洁具有限公司
76	其他非金属矿物制品制	上海宝辉冶金溶剂有限公司

（续表）

序号	行业	企业名称
77	安全、消防用金属制品	上海和汇安全用品有限公司
		上海浦南消防器材有限公司
		上海裕豪机电有限公司
78	塑料加工专用设备制造	上海金纬机械制造有限公司
		上海信易电热机械有限公司
79	石墨及碳素制品制造	上海兴长活性炭有限公司
80	其他电子设备制造	上海捷诺电子有限公司
81	木片加工	上海安信地板有限公司
		上海爱威思特木业有限公司
82	光纤、光缆制造	上海亨通光电科技有限公司
		上海网讯光缆材料有限公司
83	包装专用设备制造	上海江南制药机械有限公司
84	无机盐制造	上海信润实业有限公司
		上海峥嵘化工实业公司
85	其他未列明的电气机械	上海新时达电气有限公司
		上海新时达电梯部件有限公司
86	社会公共安全设备及器	上海金盾消防安全设备有限公司
		上海兴盛消防工程公司
87	制镜及类似品加工	上海干巷汽车镜（集团）有限公司
		上海奔原汽车后视镜有限公司
88	毛制品制造	上海高峰纺织品有限公司
89	假肢、人工器官及植	微创医疗器械（上海）有限公司
90	其他乐器及零件制造	上海超拨实业有限公司
		上海超拨乐器有限公司
91	应用电视设备及其他广	上海三思科技发展有限公司
92	游艺用品及室内游艺器	上海中路实业有限公司
		上海申舞机电有限公司
93	林产化学产品制造	上海杰事杰新材料股份有限公司
94	生物化学农药及微生物	上海生农生化制品有限公司
95	铝冶炼	上海中捷有色金属有限公司
96	纤维板制造	上海万象木业有限公司
97	环境污染处理专用药剂	上海洁申实业有限公司
98	地质勘查专用设备制造	上海神开科技工程有限公司
99	制药专用设备制造	上海华东制药机械有限公司
100	导航、气象及海洋专用	上海合亿导通科技发展有限公司

二、20个服务行业排名前六位的民营企业

序号	行业	企业名称
1	互联网信息服务	上海美通无线网络信息有限公司
2	计算机服务业	上海蔚蓝计算机有限公司
		上海致达信息产业股份有限公司
3	软件业	上海华为技术有限公司
		上海盛大网络发展有限公司
4	租赁业	上海共联通信信息发展有限公司
		上海共联通信信息发展有限公司
		上海安必达建筑设备租赁有限公司
		上海永达汽车租赁有限公司
		上海伟龙企业有限公司
5	企业管理服务	上海新桥经济联合总公司
		上海埃力生（集团）有限公司
6	法律服务	上海市方达律师事务所
		上海市毅石律师事务所
		上海市金茂律师事务所
		国浩律师集团（上海）事务所
		上海君合律师事务所上海分所
7	广告业	上海中润广告有限公司
8	知识产权服务	上海核新软件技术有限公司
		上海恒方知识产权咨询有限公司
		上海雍天电气有限公司
		上海长安商标事务所有限公司
9	企业中介服务	上海沪南对外经济有限公司
10	旅行社	上海春秋旅行社有限公司
		上海春秋国际旅行社
		上海茶恬园国际旅行社有限公司
11	工程管理服务	上海现代工程咨询有限公司
12	技术推广服务	上海格美科技发展有限公司
13	科技中介服务	上海启欣科技有限公司服务业
14	理发及美容保健服务	上海文峰美容美发有限公司
		上海海兰云天实业发展有限公司
15	洗浴服务	上海小南国汤河源沐浴管理有限公司
		上海大浪淘沙沐浴餐饮有限公司
		上海海阔天空浴场娱乐有限公司
		上海东方罗玛浴场娱乐有限公司
		上海温秋缘雅典皇宫沐浴胥有限公司

（续表）

序号	行业	企业名称
16	婚姻服务	上海浦东桃林鼓浪屿沐浴有限公司
		上海新世纪礼仪文化有限公司
		上海美诺婚庆礼仪服务有限公司
17	游乐园	上海浦东新区攀技婚姻咨询服务中心
18	正餐服务	上海延云电动游艺机游乐有限公司
		上海老丰阁卢湾餐饮管理有限公司
		上海美林阁餐饮经营管理有限公司
19	快餐服务	上海普陀彩虹坊大酒店有限公司
		上海常州大娘水饺餐饮有限公司
20	饮料及冷饮服务	上海丰裕餐饮管理有限公司
		上海颐和茶叶有限公司

附录7

上海市部分全市性服务机构名录

机构名称	地址及邮编	电话及网址
上海市促进小企业发展协调办公室	大木桥路 108 号 7 楼，200032	54521128 www.1128.org
上海市小企业（生产力促进）服务中心	大木桥路 108 号 6 楼，200032	64220836 www.pdsc.org
上海市小企业（贸易发展）服务中心	大木桥路 108 号 5 楼，200032	64220825 www.tdsc.net
上海民营经济发展促进中心	建国中路 10 号 8 号楼 310，200035	644456665 www.shppc.org
上海中小企业服务中心	光新路 168 号石泉金融大厦 9 楼，200061	62140654，62140455 www.smeinchina.com
上海市开业指导服务中心	天山路 1800 号 4 号楼底楼，200051	62748577 www.12333.gov.cn
上海品牌促进中心	威海路 48 号民生银行大厦 23 楼，200003	53857977，53857888 www.brand.sh.cn
上海跨国采购促进中心	延安西路 2633 号 A301，200336	62090349 www.shanghaiimc.com
上海市知识产权服务中心	成都北路 333 号南三楼，200041	52288200 www.ssip.com.cn
上海总部经济促进中心	安福路 201 号，200031	54048916 www.shepc.org
上海市人才服务中心	中山路 620 号，200051	62337943 www.shrc.com.cn
上海市火炬高技术产业开发中心	钦洲路 100 号 2 号楼 3 楼，200235	54065186，54065187 www.innofund.sh.cn
上海市科技咨询服务中心	南昌路 47 号，200020	53822040 www.shconsult.com.cn
上海市企业联合会 上海市企业家协会	共和新路 2623 号，200072	56030337 www.shec.org.cn
上海中小企业国际合作协会	中山东二路 22 号 3B－06 室，200002	63262770
上海市国际贸易促进委员会	金陵西路 28 号金陵大厦，200021	53060228 www.ccpitsh.org
上海市律师协会	中山西路 1538 号律师会堂，200235	54243126 www.new.lawyers.org.cn

（续表）

机构名称	地址及邮编	电话及网址
上海市注册会计师协会	陆家浜路 1060 号 11 楼，200011	63185500 www.shcpa.org.cn
上海市私营企业协会	长安路 1001 号 1 号楼 506，200070	63174291 www.shcor.catcher.com.cn
上海市资产评估协会	复兴中路 593 号（民防大厦），200020	24028505
上海市财务会计管理中心	陆家浜路 1054 号 1 号楼 14 层，200011	63185588 www.csj.sh.gov.cn
上海市高新技术成果转化服务中心	北京东路 668 号东楼 2 楼，200001	53080900 www.hitec.net.cn
上海市联合产权交易所	广东路 689 号海通证券大厦 3 楼，200001	63410000 www.new.suaee.com

附录8

上海市部分区县服务机构名录

机构名称	地址及邮编	电话及网址
黄浦区企业服务中心	广东路365号（靖远街68号）	63112769 www.huangpuzs.org
黄浦区招商服务中心	延安东路300号西6楼625室	63738663 www.huangpuzs.org
杨浦区招商服务中心	双阳路301号，200093	65180252
虹口区小企业发展促进中心	飞虹路518号虹口区人民政府2号楼 3-4楼，200086	25658834，28840586 25658836，28250835
闸北区招商服务中心	秣陵路38号2楼，200070	63532234 www.szbpc.com
长宁区招商中心	延安西路37号	62527390－405
闵行区政府证照办理中心	莘建东路201号闵行区人民政府证照 办理中心三楼313室，201100	34121901，34120919 www.shmh.gov.cn
徐汇区招商（企业服务）中心	虹桥路313号，200030	总机：64870011 http://invest.xh.sh.cn
静安区小企业服务中心	胶州路358号1号楼304室，200041	62188441
静安区工业小企业社会化服务中心	南京西路1173弄3号二楼，200041	62551340 www.jgyq.com.cn
卢湾区投资促进服务中心 卢湾区企业服务中心	思南路35号北楼3-4号 （皋兰路口），200020	63877090总机：63847766 http://tzcj.luwan.sh.cn
浦东新区生产力促进中心	张江高科技园区春晓路350号，201203	50801165 www.sppc.org.cn
崇明县招商服务中心	崇明县城内东门路101号，202150 驻市区办事处：邯郸路98号	崇明县：69696831 办事处：65449180 http://202.101.27.20/cmzs
青浦区行政服务中心	凌武大厦9楼C、D座 青浦区外青松公路6189号，201700	59722538 www.shqp.gov.cn
松江区小企业发展服务中心	松江区荣乐东路145号，201613	57742998 www.zxqy.sj.net.cn
松江区企业服务中心	松江区文诚路69号，201613	67736146，67736073 hwww.zxqy.sj.net.cn
金山区投资项目审批服务中心	金山区石化卫零路485号，200540	67241973

（续表）

机构名称	地址及邮编	电话及网址
南汇区人民政府招商服务中心	南汇区惠南镇南门大街41号7号楼，201300	58002350
宝山区招商服务中心	宝山区淞滨路28号1-2楼，200940	56846662，56843697 http://bsq.sh.gov.cn
嘉定区投资服务中心和办证办照中心	嘉戬公路118号	69989260，69989822 www.jdinvest.gov.cn

附录9

上海市部分中小企业担保机构名录

机构名称	地 址	电 话	注册或担保资金（万元）
中国经济技术投资担保有限公司上海分公司	陆家浜路 1060 号 1 号楼 16 楼	63776990	40000
南汇区中小企业贷款信用担保中心	南汇区惠南镇人民西路 85 号 13 楼	58000097	2176
松江区中小企业贷款信用担保中心	松江荣乐东路 145 号	57742134	2000
闸北区小企业信用担保中心	秣陵路 38 号 2 楼	63805390	1000
奉贤区小企业贷款担保中心	奉贤区南桥镇江海路 232 号	37112311	3050
崇明县私营企业贷款担保协会	崇明县城桥镇东门路 378 号	59611834	255.5
上海创世纪担保租赁有限公司	威海路 48 号 2431 室	53857289	5000
上海亘银担保有限公司	东湖路 17 号 705 室	54042338	5000
上海工业经济担保有限公司	江西中路 181 号	63210648	5000
上海恒洋投资担保有限公司	襄阳南路 228 号 305	64731888	10000
上海华宁担保股份有限公司	中山西路 518 号 518 室	52068558	15200
上海汇金担保有限公司	张杨路 838 号 12A 座	68754861	8000
上海集联担保有限公司	虹桥遵义路 100 号上海城 A 楼 2507 室	62371681	5000
上海金达担保租赁有限公司	番禺路 1 号 2 楼 201 室	62113709	20000
上海金汇担保租赁有限公司	海防路 228 号福安大厦 6 楼 E 座	62992213	5000
上海金瑞担保有限公司	崂山东路 528 号 23FB1	58589936	10500

（续表）

担保机构名称	地 址	电 话	注册或担保资金（万元）
上海浦发永达投资担保有限公司	浦东南路 379 号 金穗大厦 18-C 室	68869081	10000
上海融真担保租赁有限公司	逸仙路 661 号新海大厦 6F	51251905	48000
上海小企业投资担保有限公司	西藏南路 1090 弄 2 号 6 楼	63667291	5000
上海银都担保有限公司	东体育会路 1188 号 6F	65173639	5000
上海银联担保有限公司	定西路 988 号 19 楼	62252647	7000
上海银信投资担保有限公司	张杨路 838 号 华都大厦 29 楼 AB 座	50580091	10000
上海银兴担保有限公司	中山北一路 1230 号 柏树大厦 A 区 1906 室	65420906	18300
上海元易信担保有限公司	淮海中路 283 号 香港广场南座 23 楼	63556668	5000
上海中财担保有限公司	陆家嘴环路 958 号 23 楼	68866688	5000
上海中科智担保有限公司	浦东大道 1 号船舶大厦 12B01 室	50543230	2980 万美元
上海中民经济担保租赁有限公司	银城中路 200 号 中银大厦 4601 室	50372799	5000
上海中融担保租赁有限公司	浦电路 318 号	58776231	5000
上海中油投资担保有限公司	天钥桥路 380 弄 汇峰大厦 20 号 1202 室	64694571	10000
上海众大担保股份有限公司	南京东路 61 号 702 室	63391975-619	6000
银基担保有限公司上海分公司	南京西路 1468 号 2202 室	62478100	—
中融信担保有限公司上海分公司	浦东南路 528 号 上海证券大厦北楼 21 楼	68826085	—
中投信用担保有限公司上海分公司	陆家嘴东路 166 号 中保大厦 26F	68880766	—

（续表）

担保机构名称	地 址	电 话	注册或担保资金（万元）
上海银润担保有限公司	沪松公路 2996 号 砖桥钢材市场办公楼八层	57625656	20800
上海馥地担保有限公司	淮海中路 1412 弄 15 号	64333789	7200
上海银广企担保有限公司	逸仙路 889 号	55512677	5080
上海利安担保有限公司	浦东大道 720 号 15B	50367350	5000
上海广信担保有限公司	民生路 1286 号 810 室	68544757	5000